THE NEW GATE
ザ・ニュー・ゲート

風波しのぎ
Kazanami Shinogi

16.命の花園

Illustration：晩杯あきら

目次　Contents

「THE NEW GATE」世界の用語について

●ステータス

LV：	レベル
HP：	ヒットポイント
MP：	マジックポイント
STR：	力
VIT：	体力
DEX：	器用さ
AGI：	敏捷性
INT：	知力
LUC：	運

●距離・重さ

1セメル=1cm
1メル=1m
1ケメル=1km
1グム=1g
1ケグム=1kg

●通貨

ジュール（J）	：	500年後のゲーム世界で広く流通している通貨。
ジェイル（G）	：	ゲーム時代の通貨。ジュールの10億倍以上の価値がある。

ジュール銅貨	=	100J		
ジュール銀貨	=	ジュール銅貨100枚	=	10,000J
ジュール金貨	=	ジュール銀貨100枚	=	1,000,000J
ジュール白金貨	=	ジュール金貨100枚	=	100,000,000J

●六天のギルドハウス

一式怪工房デミエデン（通称：スタジオ）	『黒の鍛冶師』シン担当
二式強襲艦セルシュトース（通称：シップ）	『白の料理人』クック担当
三式駆動基地ミラルトレア（通称：ベース）	『金の商人』レード担当
四式樹林殿パルミラック（通称：シュライン）	『青の奇術士』カイン担当
五式惑乱園ローメヌン（通称：ガーデン）	『赤の錬金術師』ヘカテー担当
六式天空城ラシュガム（通称：キャッスル）	『銀の召喚士』カシミア担当

主な登場人物
Main Characters
ユズハ
エレメントテイル。
シンに助けられた
モンスター。
基本は子狐の姿だが、
人型にも変身可能。
ティエラ・ルーセント
157歳。エルフ。強力な呪いの
名残で髪の大部分が黒い。故郷を
追放され、シュニーに保護された。
フィルマ・トルメイア
521歳。ハイロード。
ゲーム時代のシンの
サポートキャラ。
姉御肌でパーティの
ムードメーカー。
セティ・ルミエール
515歳。ハイピクシー。
ゲーム時代のシンの
サポートキャラ。
妖精郷で精霊と
暮らしていた。

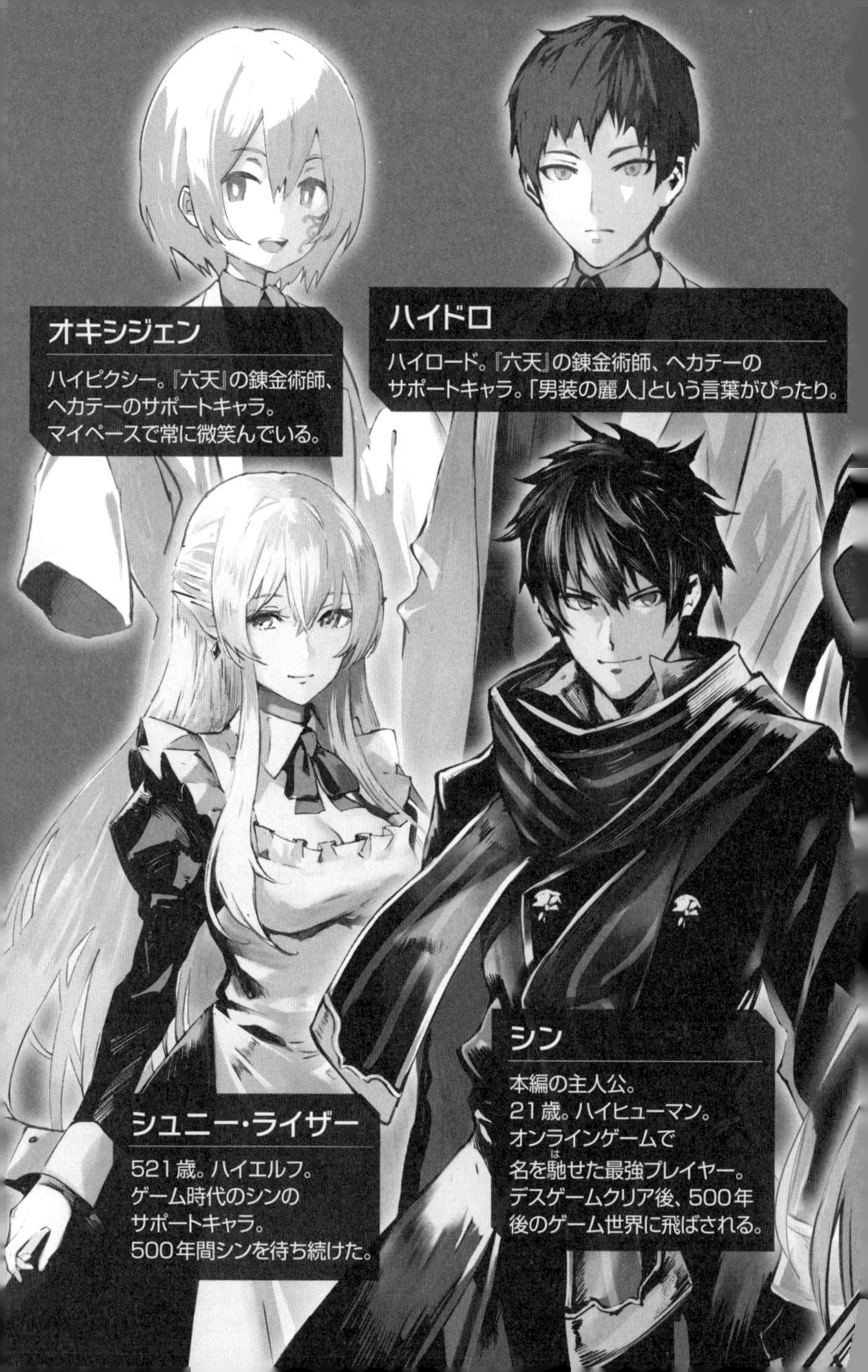
オキシジェン
ハイピクシー。『六天』の錬金術師、
ヘカテーのサポートキャラ。
マイペースで常に微笑んでいる。
ハイドロ
ハイロード。『六天』の錬金術師、ヘカテーの
サポートキャラ。「男装の麗人」という言葉がぴったり。
シン
本編の主人公。
21歳。ハイヒューマン。
オンラインゲームで
名を馳《は》せた最強プレイヤー。
デスゲームクリア後、500年
後のゲーム世界に飛ばされる。
シュニー・ライザー
521歳。ハイエルフ。
ゲーム時代のシンの
サポートキャラ。
500年間シンを待ち続けた。

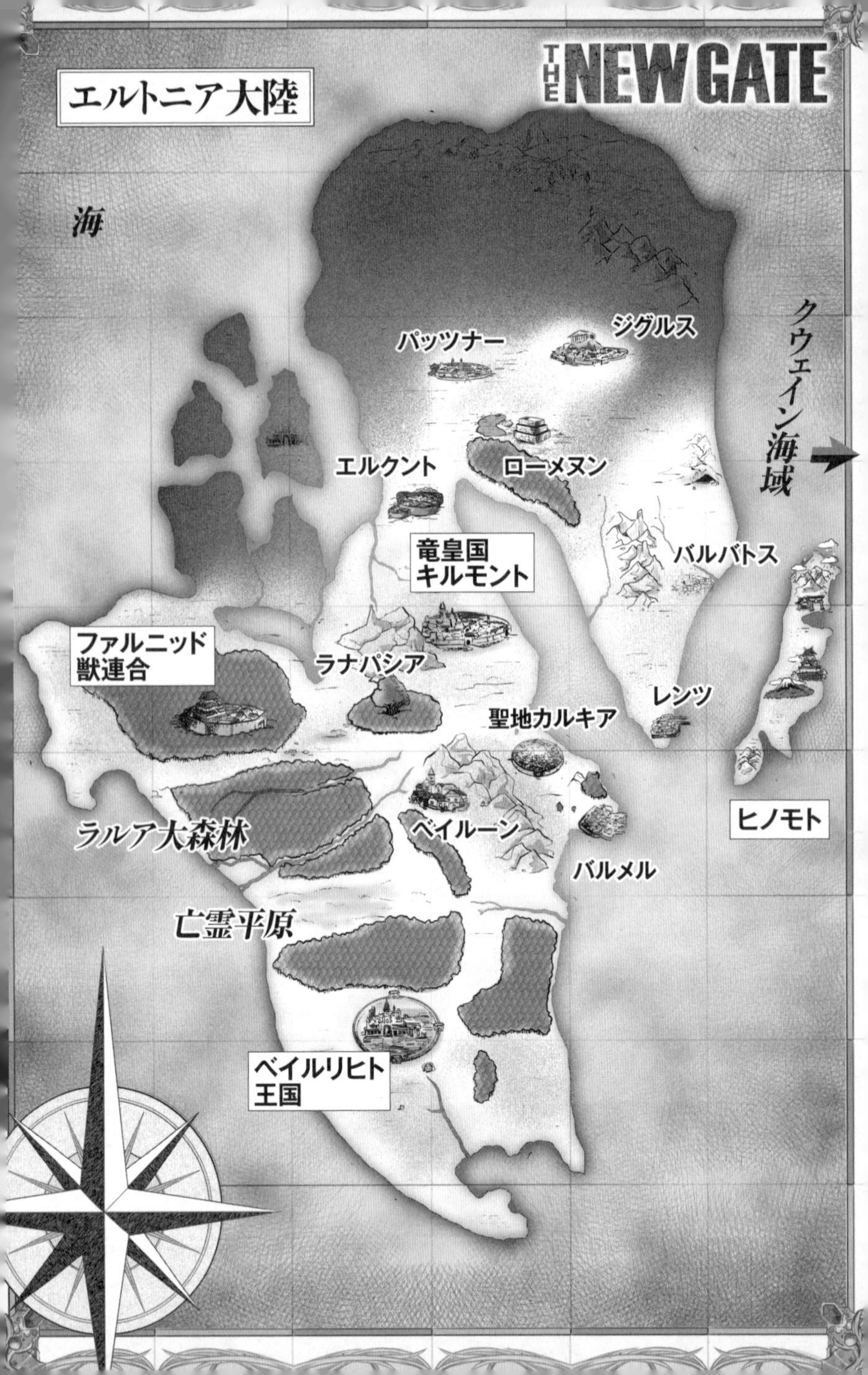
エルトニア大陸
THE NEW GATE
海
クウェイン海域
パッツナー
ジグルス
エルクント
ローメヌン
竜皇国
キルモント
バルバトス
ファルニッド
獣連合
ラナパシア
レンツ
聖地カルキア
ラルア大森林
ベイルーン
ヒノモト
バルメル
亡霊平原
ベイルリヒト
王国

Chapter1 父の日記

THE NEW GATE

ティエラの故郷であるエルフの園《その》、ラナパシアを訪れたシン。

そこでは世界の安定を担う世界樹が弱り、危機に瀕《ひん》していた。

シンは仲間たちと協力して世界樹の復活を試みるも、瘴魔《デーモン》に操られたティエラの亡父、クルシオの暗躍が明らかになる。さらに、世界を滅ぼす神獣リフォルジーラまでもが出現してしまう。

激しい戦いの末、リフォルジーラを討伐したシン。

瘴魔《デーモン》の支配から逃れたクルシオの魂は、ティエラに別れを告げ、天に消えていった――。


「さて、いろいろと片がついたし、残りの面倒ごとも片付けちゃいましょ！」

クルシオとエイレーンの魂《たましい》を見送り涙を流していたティエラが、すっきりとした顔で言った。

少し強引な印象を受けるのは、人前で大泣きしてしまったのが恥ずかしかったからだろう。耳が赤いのは、泣いていたのが原因ではないのだろうな、とシンは思った。

ラナパシアに巣食っていた瘴魔《デーモン》は、クルシオを利用したことで半ば自滅。

瘴魔《デーモン》によって操られていたのだろうエルフたちも、もう暴れてはいない。

リフォルジーラも、クルシオの体が消えたのと時を同じくして消滅した。

とりあえずではあるが、国が滅ぶような物理的な危険は去ったと見ていいだろう。

仮に瘴魔《デーモン》が残っていたとしても、現状では発見のしようがない。

「世界樹は、もう大丈夫なのか？」

ティエラの声を聞きながら、シンは世界樹を見上げる。

エイレーンと、おそらくはクルシオの魂だろう光の玉が吸い込まれた世界樹は、今や神々しい光を放っている。

穢《けが》れによって弱っていた姿は、もはや過去のもの。シンが聞いたのはあくまで確認のためだ。

「当面は、だけどね。シンたちと戦うのに、すごい量の穢れが消費されたみたいなの。私が感じたことだけど、たぶんリフォルジーラはただ存在するだけでも相当量の穢れを消費するんだと思うわ。でなきゃ、いくらシンと戦ったといってもあの短時間で、異様としか言えなかった穢れが目に見えて減るわけがないもの」

「たぶん、あってるんじゃないか？　洒落《しゃれ》にならない量のエネルギーに裏打ちされた強さっていうなら、納得できるし」

穢れをエネルギーにしているというのは知られていたが、シンを始めとしたプレイヤーたちはそれを肉体や攻撃能力の強化に使っていると考えていた。

だが、ティエラの言い分を聞いて、そっちが正しいのだろうとシンは思う。

リフォルジーラは穢れを消費して世界のバランスを保つための存在だと考えれば、十分あり得る話だった。

「まあ、強さの秘密が何であれもう二度と戦いたくない相手だけどな……」

シンはリフォルジーラとの戦いで使い物にならなくなった古代級《エンシェント》の武器のカードを見ながらつぶやく。

今回シンが太刀打ちできたのは、リフォルジーラが完全な状態ではなかったことと、シン自身がかつてとは比べ物にならないほど強化されていることが大きい。

とくに、称号によるステータスの2倍化がなければ、首を落とすまでいかなかった。

損害が数本の武器だけなのだ。

シュニーたちが怪我を負ったりすることに比べれば、まったく問題にならない。ならない——のだが。

「もし次があったら、まずいよな……」

巫女の家系であったクルシオが利用されていたとはいえ、瘴魔《デーモン》はリフォルジーラを出現させた。

それを可能とする手段を知っているのだ。シンたちの手の及ばぬところで準備をされると、止めようもない。

ユズハの言う、シンを世界の危機に導く力とやらを当てにするわけにもいかないだろう。

次がないとは言い切れない。さらに言うならば、その「次」が完全体のリフォルジーラとの戦いにならない保証もなかった。

不完全な状態ですら古代級《エンシェント》の武器を4本も使い捨てにしたのである。完全な状態でいったいどれほど必要なのかは予測不能だ。

いくらシンが古代級《エンシェント》の武器を打てるといっても、材料は有限だ。いくら鍛冶スキルを高めようと、素材がなければ何も作れない。

「『真月』は、確か――」

「まだ折れたままだ。セティに力を込めてもらえば、たぶん次の段階に進めると思うんだけど」

シュニーの記憶喪失の解決を優先したので、まだセティには、『真月』に力を込めてもらっていない。

力を込めてもらってどうなるのかはまだわからないが、何か、シンの知る既存の武器とは違うものができる確信があった。

「とりあえず、今はこの騒動の後始末か。さすがに国が動くよな？　というか、こっちに来てからほとんどそれっぽいものを見ていないような……」

「おそらくですが、瘴魔《デーモン》が国への連絡を止めていたか、連絡役を操るかしていたのでしょう。そうでなければ、この状況で軍が動いていないのはおかしいですし」

エルフたちの一部が暴れ出してから、それなりに時間が経っている。

少なくとも、リフォルジーラの出現には国も気づいているだろう。

世界樹の管理者である一族の戦士団とは別に軍隊がいるという話なので、突然の事態だということを差し引いてもそろそろ動きだしてもいいはずだ。

「リフォルジーラとシンが戦ってるところとか、見られちゃったかしら」

ティエラは不安そうな顔で言う。

リフォルジーラのことを知らずとも、その巨体と熱線の威力は離れていても十分わかる。それと正面から戦っていたシンを見て、危険人物扱いされないか心配しているようだ。

「派手にやったからなぁ」

古代級《エンシェント》の武器やら上級クラスのスキルやらを加減なしで使用したのだ。選定者でも近づこうとはしないだろう規模の戦いだった。

「こっちの国の人たちがどういう人なのかわからんし。いざって時はシュニーの威光でどうにか」

悲しきかな、現状もっとも頼りになるのはシュニーであった。物理的な戦闘力で言うことを聞かせられなくもないが、それは最後の手段だ。

「シュニーがともに行動する者だ。意味もなく暴れるような人物であるとは思うまい。上級選定者の中で選りすぐりの精鋭だと言えば、敬意こそあれ、妙なことは考えぬだろう」

一般人や多少ステータスが高い程度の選定者からすれば、上級選定者、とくにシュニーたちに近い者たちの強さはまさに異次元の領域だ。

強さの桁《けた》が違いすぎて、比べることなどできないだろうとシュバイドは言った。

「ただ、あれだけの戦いの後だ。強者に国に留まってほしいと考える者はいるだろうがな」

そう付け加えて、シュバイドはオルドスたちへと目を向けた。

すべてを見ていたわけではないが、それでもシンの異常な強さを目の当たりにしている。とくに守護役の隊長であるオルドスから話が出れば、たとえば国王などはシンを引きとめようとするかもしれない。

そして、それはリムリスたち巫女にも言えること。

再び瘴魔《デーモン》がやってこないとも限らないのだから、専属の護衛に、さらには夫になどという話が出てもおかしくはない。

「そうですな。我々はシン殿やシュニー様の強さを肌で感じております。もし残ってくださるのならば、これほど心強いことはありませぬ。そして、あのモンスターと戦っていない国の重鎮《じゅうちん》たちの中には、シュバイド殿が心配されているような手段を用いる者もいるやも知れませぬ」

長く生きているだけあって、シュバイドが言葉にしなかったことも正確に読み取っているようだ。

世界樹を守るエルフの国の民といえども、全員が清廉潔白《せいれんけっぱく》といかないのは今回の騒動ではっきりしている。

「しかし、シュニー殿はひとつ所に長く留まらぬお方。シン殿たち冒険者もまた様々な地にて依頼をこなす方々。お引き止めするのは難しいでしょう。それに、出遅れた国軍ではすべての戦いを見たとは思えませぬ。モンスターの上を取って戦っていたのはシュニー殿ですし、そのあたりはシン殿ではなくシュニー殿の活躍ということにすればお上も何も言えますまい。それに、現状ではシン殿たちを止められる者などおりませぬ」

オルドスは単純に否定するのではなく、他の戦士たちに言い聞かせるような話し方をした。

戦士たちは、程度の差こそあれうなずいている。

結局のところ、オルドスの言うとおり、シンたちが出て行くといえば止められる者はいないのだ。戦士たちはすでにそれを実体験で理解していた。

「何はともあれ、まずは民たちの混乱を鎮《しず》めることが先決でありましょう」

「なら、屋敷まで一緒に行きましょう。瘴魔《デーモン》がいなくなっても、その影響がすぐに消えるとは限りませんし」

「そこまでしていただくわけには……いや、そうですな。もしあのときのままだとすれば、リムリス様たちにも危険が及ぶ。申し訳ありませぬが、今しばらく、力をお貸しくだされ」

頭を下げるオルドスに続いて、他の戦士たちも膝をついて頭を垂れた。戦士と巫女がそろって街を歩けば、もう戦いは終わったと誰もが信じる。

「では、行きましょう」

シンたちを中心に、戦士たちがそれを囲むような形で歩き出した。リムリスとリナは話こそできるが、肉体的にはかなり消耗していたのでカゲロウが背に乗せている。

念のため、シンはマップと探知系スキルで、街で暴れているような反応がないか確認した。

その場を見られるわけではないので確実ではないが、現状ではそれが限界だ。結果、それらしき反応はない。

街へ近づくにつれ、戦士階級ではないエルフたちの姿が増えてきた。

誰もが不安げな表情だ。パニック状態になっていないのは、リフォルジーラが倒れるところを見ていたからだろうか。

リフォルジーラの巨体ならば、街からでも十分視認できたはずだからだ。

「戦士長様、いったい何が起こっているのでしょうか？」

シンたちを遠巻きに見るだけだったエルフたちだったが、その中の１人が意を決したように話しかけてきた。

「お主は、我らが来た方角に何か見えたか？」

「はい。山のような巨体のモンスター、であっていますでしょうか？」

「うむ。瘴魔《デーモン》によってモンスターが呼び出されたのだ。しかし、それもかのシュニー・ライザー殿と我らが巫女様のお力によってすでに討伐されている。安心するがよい」

戦士長が重々しくうなずいてみせると、話しかけてきたエルフは安堵した様子を見せた。

「皆も聞け！　森の中から姿を見せたモンスターを見た者は多いだろう。しかし案ずるな。名高きハイエルフ、シュニー・ライザー殿の助力と我らが巫女様の力によって、かのモンスターはすでに討伐されている！　この場にいない者たちにも、事態は収束したと伝えるがよい！」

シンのことを気にしていたティエラたちに配慮したのだろう。シンの話は出さずに、シュニーや巫女の力によるものだと、オルドスは声高に叫んだ。

発言したのが戦士長の1人だというだけあって、それを聞いたエルフたちは皆安堵した様子を見せている。

これがシンならば、得体の知れないヒューマンが何か言っているくらいにしか思われないだろう。実際のところ、シンとシュバイドにはかなり視線が集まっている。

エルフの集団の中にヒューマンとドラグニルがいれば、当然だろう。ただ、戦士たちが何も言わないので危険だとは思われていないようだ。

少なくとも、シンは向けられる視線に悪意や敵意を感じない。

「やっとついたか」

事態収束を周知するためにオルドスが叫び、シンたちが注目を浴びるのを繰り返すこと七度。ようやくルーデリアの屋敷が見えてくる。

シンの口からため息交じりの声が漏れたのは、エルフたちから視線を浴び続けるのがあまり気分のいいものではなかったからだ。悪意や敵意はなくとも、精神的に疲れる。

視線の先では、戦士たちの姿を見た門番らしきエルフの1人が屋敷に駆け込んでいくのが見えた。

「ティエラ‼」

「リナ‼」

シンがほっと息を吐いていると、ティエラとリナの名を叫びながら2人のエルフが屋敷から飛び出してきた。

オルレアとヘラードだ。２人も屋敷に来ていたらしい。履物も履いていないあたり、相当慌てているのがわかる。

名を告げた２人が無事なのを確認したからか、それともシンたちと目が合ったからか、駆け寄ろうとしたところをぐっとこらえ、２人はシュニーに頭を下げた。

「話は聞いております。我らの不始末による災禍を退けていただき、感謝いたします」

オルドスが部下の１人を先に向かわせていたようで、すでにリフォルジーラ討伐や世界樹の復活について把握しているようだ。

オルレアの後ろで、ヘラードはシンにも頭を下げている。

「お疲れでしょうが、詳しいお話を聞くことは可能でしょうか？」

「ええ、そのつもりで来ました。あなたが代表ということでよろしいのですか？」

「はい。当主があのようなことになってしまったので、臨時ではありますが」

忸怩《じくじ》たる思いがあるのだろう。シュニーの問いに答えるオルレアの表情は厳しい。

門の前に留まっていては注目の的になるだけなので、いったん屋敷の中に入る。

当主が使っていた部屋には、すでに調査のための人員が回されているらしい。もちろん、瘴魔《デーモン》に影響を受けていない信頼できる者たちだ。

「俺たちも見られないか？　ブルクのときはトラップが仕掛けられてたし、危険かもしれない」

「そうですね——私たちの中からも、人を向かわせてもよろしいですか？　瘴魔《デーモン》が操っていたとしても、なんの備えもしないままとは思えません」

シンが小声で言った内容にシュニーもうなずき、オルレアに提案する。かつて教会で暗躍していた神父の部屋には、トラップが存在したとシュバイドから報告されていた。

シュニーが話を進めるのは、パーティリーダーがシンだとオルレアが知らないからだ。シンのことを知らなければ、たいていの人はシュニーがリーダーだと判断する。

「そうですね。わかりました。我らには見つけられぬものもあるかもしれませんし、ぜひ協力していただきたい」

「なら、俺が行く。瘴気のこともあるから、ティエラも来てもらえるか？」

「ええ、わかったわ」

残りの説明をシュニーに任せ、シンはティエラとともに当主の使っていた部屋へと向かった。オルレアは少し困惑した様子だったが、シュニーが任せてよいと言えば拒否はしない。

先に調査を始めていたエルフたちには、部屋まで案内をしてくれたエルフが事情を説明した。

「今のところ、それらしいものは見つかっておりません」

シュニー・ライザーの連れてきた人物ということで、シンはとくに邪険にされることもなく判明していることを聞けた。

ティエラは顔が知られているらしく、こちらは困惑と畏怖、畏敬が混ざったような状態だ。

エルフの寿命の長さを考えれば、おそらくティエラが追放されたときのことを知っているか、覚えているのだろう。当時どのような態度をとったかで、ティエラに向ける感情に差が出ているのだ。

「確かに、それらしいものは見当たらないな」

パルミラックのときはわかりやすすぎるほどだったが、こちらはそうでもないらしい。

罠の仕掛けられた箱もあったというので、シンは罠を探知するスキルを発動する。すると、本棚の後ろに反応があった。

「なんとも古典的な」

秘密の隠し場所としてはありきたりだ。ただ、本棚をどけてもただの壁にしか見えないあたりなかなか手が込んでいる。

シンが調べてみると、何もせずに開けると、レベルXクラスの状態異常が複数かかる仕掛けが施されていた。

精神系が多いのを見ると、仕掛けに気づいた者を操るためのものなのだろう。

ただし、仮に発動してもシンには影響はない。ハイヒューマンの抵抗力を突破できるほどではなかった。

シンが罠を解除すると、壁の一部が開く。中には、一冊の本と金色の水晶が入っていた。

「それ、お父さんの日記……」

シンが取り出した本の表紙を見て、ティエラが思わずといった様子で口を開いた。

重要なことが書かれている可能性もあるので、シュニーたちと合流してから中を確認することにして結晶のほうへ眼を向ける。

水晶は成人の握り拳程度の大きさで、中から外にかけて色が薄くなっていく。中心部が黄金色で、表面まで来ると白に近い。

鉱物ならば、シンの【鑑定】で正体がわかりそうなものだが、表示されたのは意味不明な表示の羅列。俗に言う、バグッた状態だ。

「分析は後、かな」

他にはトラップの反応はない。隠し金庫や倉庫もなさそうだ。

ティエラにも確認するが、瘴気は感じられないという。

「回収して、いったん戻ろう」

アイテムカードにするつもりで、シンは水晶に触れる。そして、それは来た。

「ぐっ⁉」


視界がぶれる。ノイズが走る。

ぶれた視界の中に映ったのは、摩天楼《まてんろう》のようなビル群、車と人の行き交う交差点、講義を受ける学生と教室、そして――目をつむったままの自分。

――見える。

友人の顔。恩師の顔。自分のいない家。少し痩せた両親。少し大きくなった弟妹たち。

自分のいない間の時間の変化。

――聞こえる。

街の喧騒《けんそう》。車の走る音。自分を呼ぶ父の声。母の声。弟の声。妹の声。友人たちの声。

今は聞こえない、懐かしい音。

――感じる。

現実世界《あちら》と異世界《こちら》の境界。見えない壁。

世界を分かつ、断崖。


「――ン！　シン！　シンってば‼」

「っ⁉」

意識が引きもどされる。肩の温かさに振り向けば、すぐ近くにティエラの顔があった。

「ちょっと、どうしちゃったの？　急に動かなくなっちゃって」

「ああ、いや……水晶の反応が変だったから、少し考え込んでたんだ」

心配をかけまいと、シンは曖昧に笑う。

見えたこと、聞こえたこと、感じたこと。それらはまるで、目覚めると消えてしまう夢のように思い出せなくなった。

ただ、シンの胸にわずかな痛みだけが残る。

（これに触れたとき、何かがあった……あった、はずだ）

思い出せるのは、何かがあったという確信だけ。

もどかしい思いがあったが、今はそれを表に出すべきではないと、水晶と日記をカードに代えてアイテムボックスにしまった。

エルフたちに声をかけてシュニーたちのところに戻る。すでに情報交換は終わっていた。話は今後のことに進んでいるようだ。

「何かありましたか？」

「ああ、分析はしてないけど、隠してあったものは回収したよ」

「その話、私も聞いても構いませんか？」

シュニーとの会話に、オルレアも混ざってくる。ことがことだけに、黙っていられなかったようだ。

「わかったことは話しますよ。ただ、どこまで解析できるかは、やってみないことにはなんとも言えませんね」

こればかりは本当だ。今回手に入れた水晶はシンの知るものとは何かが違う。普通の鍛冶のようにはいかない予感があった。

「こっちは一緒に見たほうがいいと思うので、話が終わったら見ましょう」

日記を取り出してみせる。それに、全員の視線が集まった。

「それは？」

「クルシオさんの日記です。ティエラに確認しましたが、間違いないと言ってます」

シンの言葉に、ティエラもうなずく。

「なら、話が終わったら皆で読みましょう。何があったのかわかるかもしれません」

「承知しました」

シンがいったん日記をしまい、話を再開する。

「リフォルジーラとの戦闘と、世界樹の状態については話してあります。被害状況についても、市街の損壊や人的被害はほとんどないようです」

「それは何よりだ」

戦った場所もよかった。街を狙わないように誘導もしたので、結果を聞いてシンはほっと息を吐く。

「あとは森王がどう動くか、ですね」

「はい。我々が事態を収拾できなかったことは、調べればすぐにわかるでしょう。ハイエルフであるシュニー様の活躍があったとはいえ、干渉を受けるのは間違いありません」

巫女という特別な存在と、それを守る専属の戦士。ラナパシアの建国の起源が世界樹の守護にある関係で、管理者と国の上層部は対等の位置づけだった。

しかし今回の騒動で力の天秤《てんびん》は崩れる。それほどの失態だ。

国がどう出てくるのか、オルレアやヘラードといった面々にも予想はできないという。

「おそらく、数日中に使者が来るでしょう。シュニー様にもあらためて、話を聞くことになると思います」

「それは構いません。しかし、できることとできないことがありますよ？」

「承知しております」

オルレアは丁寧《ていねい》に頭を下げる。

シュニーがリーダーだと思っているオルレアの後ろで、ヘラードは何とも言えない顔をしていた。リナを連れて来たときや今の話し方などから、シンとシュニーの関係がただの協力関係ではないと気づいているのかもしれない。

「あとは、シンたちが見つけたという日記ですね」

情報交換はあらかた終わり、残すはシンの持つ日記のみとなった。あらためて日記を取り出し、シンはティエラに差し出す。

「えっと……？」

「つらいことが書いてあるかもしれないけど、まずはティエラが読むべきだと思う」

差し出された日記を受け取るのにわずかに躊躇したティエラだったが、シンの言葉を聞いて日記を受け取り表紙を開いた。

しばらくの間、ページをめくる音だけが部屋に響く。

邪魔にならないよう、誰も身じろぎひとつしない。

「っ……！」

あるページを開いたとき、ティエラの表情が歪んだ。こらえきれなかった涙が一筋、頬を伝う。

「……ありがとう」

日記を読み終わったティエラは、シンに言った。

差し出された日記を受け取り、開く。

あいにくとシンには読めないエルフ文字だったので、代わりにシュニーに読んでもらう。

全員が同時に読むことはできないので、シュニーは声に出して読み始めた。

日記は日付がばらばらで、思い立った日に書いているようだった。

他にも日記があったのだろう。最初に書いてあったのは、ティエラに関することだった。

巫女の力が段々と強くなっていることや父として誇らしいという気持ち、守っていこうという決意。そんな内容が短くもはっきりと綴られている。

そのあとには、妻の作った料理がおいしかったこと。兵士たちが腕を上げてきたこと。ティエラの婚約に納得できるようなできないような複雑な思いを抱いたこと。

そんな今も、世界のどこかで誰かが同じようなことを考えているだろう話が続く。

父としても守護者としても、良い人物だったのだろう。読む者にそう思わせる内容だった。

だが、そんな穏やかな内容は唐突に途切れる。

次に日記が書かれたのは、1月以上あとだった。

――私たちが、いったい何をしたというのだろうか
シュニーが読み上げた内容に、その空白期間に何があったのかを、部屋にいた誰もが察した。

ティエラが【呪いの称号《カースドギフト》】を得たのだ。

そこからはひどいものだった。日記の間隔がかなり空くようになり、綺麗だった文体も殴り書きのように崩れている。

このときすでに、日記はその役目を半ば放棄していた。

巫女である娘が呪いを受けることへの疑問。

呪いを受けた者へ向けられる侮蔑《ぶべつ》や罵倒《ばとう》、謂《いわ》れなき扱いを娘が受けることへの怖れと怒り。

里の中で娘を追放しようという声が大きくなっていくことへの焦《あせ》り。

自らの立場と役目のため、娘を守ることができない嘆《なげ》きと悲しみ。

それは、クルシオの声に出せなかった叫びそのものだった。

所々文字がぼやけたり、紙がしわになっていたりするのもまた、クルシオの感情を伝えてくる。

そして、妻が死んだという一文で日記は終わった。

それ以降は、何も書かれていない。

「…………」

すべてを聞いたシンたちは、しばらく無言だった。日記は薄く、文章は少ない。

だが、重い。

とくに後半は、文字そのものに呪いが掛かっているかのようだった。

「お母さんは、私と別れた後、すぐに死んだわけじゃなかった。私の追放に疑問を持っていた人たちが保護してくれていたの。でも、もともと精神的に弱っていたところに傷を受けたこともあって、長くは生きられなかったらしいわ」

話は元ルーセントの者から聞いていたようだ。話す気はなかったんだろうな、とシンは思った。

「文章の変化を見れば、ティエラ殿が【呪いの称号《カースドギフト》】を得たのが転機と見るべきだ。しかし、タイミングが良すぎる。おそらく、それより前から機会を窺っていたのだろう」

冷静にシュバイドが分析する。

シンも同意見だ。

「意図的なものだと思いますか？」

「そうでないと思いたいけど、リフォルジーラ《あれ》のことを考えると、否定できないんだよな。可能性があるとしたらまず呪術師、あとは付与術師に死霊術師ってところか」

呪術師は、呪いやステータス低下を始めとした、デバフを主体とするジョブだ。付与術師、死霊術師も主体ではないが、それに近いことが可能なジョブである。

問題は、シンがそれらのジョブについて詳しくないことだろう。

呪術や死霊術は、的《まと》になったときに気をつけるものは知っていても、ジョブそのものは深く理解していない。

似た系統として、付与術師なら錬金術師のヘカテーが、死霊術師なら召喚士のカシミアあたりが知っていたかもしれないが、今は連絡の付けようがない。

「あとは、これだな」

日記からわかることは少なかった。いくらか推測を立てたところで、シンは懐から金色の水晶を取り出す。

「これは、水晶、なのでしょうか」

「そう見えますが、おそらく違うでしょう。これは先ほど言った、クルシオさんの部屋で回収したものです。私も高位の素材アイテムには詳しいのですが、見たことも聞いたこともない」

オルレアの疑問に、シンが答える。

この水晶がリフォルジーラを呼び出したキーアイテムだと、シンは予想していた。

「妙なの。瘴魔《デーモン》が隠していたのに、瘴気を感じないのよ」

水晶を見ながら、ティエラが言う。日記もそうだったが、水晶からも瘴気がまったく感じられない。

「あの部屋もトラップこそ仕掛けられていましたが、瘴気はほとんどありませんでした」

「当主は普段、あの部屋で仕事をしていたんですよね？」

「ええ、そうです。ただ、屋敷は広く、当主には入れない部屋はありません。部屋以外にも隠そうと思えば場所には困らないでしょう」

シンの言葉を引き継いでシュニーが問うと、オルレアは表情を曇らせながら答えた。

行動範囲から怪しい場所を推測しようにも、どこにでも行ける当主が相手では難しい。

オルレアは屋敷内で働く者たちの話を聞いて、よく目撃された場所などを調べるつもりだと続けた。

「水晶の解析は、こちらに任せてもらえませんか？　私の知る限り、シン以上に素材に詳しい者はいないでしょう。必要とあらば、大陸を回って技術者を訪ねることもできます」

「……シュニー殿がそこまで言うのならば、王も否とは言わないでしょう。何かわかったときは、一報をお願いいたします」

わずかに逡巡《しゅんじゅん》してから、オルレアはうなずいた。

シュニーはその実力もあって、大陸中から依頼が来る。相手は王族や都市の領主クラスも多く、シュニーが言えば必要な支援も引き出せるだろう。

そのあたりも考えて、この場でOKを出したのだろうとシンは思った。提案者がシンならば、こうも簡単にはうなずかなかっただろうことは間違いない。

「では、我々はいったん屋敷に戻ります。あまり長居して国軍の関係者と鉢合わせしてもなんですから」

連絡の方法を確認し、シュニーが切り出す。

マップでそれらしき動きがないかチェックはしているが、それも万全ではない。シンたちでも、今後どうするか話し合う時間がほしかった。

「わかりました。何かありましたら、あらためて連絡いたします」

シュニーに対して終始頭が下がりっぱなしだったオルレアに見送られ、シンたちはルーデリアの屋敷を後にした。

オルレア自身はティエラと話をしたそうだったが、あの場でそれを言うほど我を忘れてはいなかったらしい。

「いつ出れるかねぇ」

王との謁見《えっけん》は避けられないだろう。

リフォルジーラは倒したが、混乱はまだ収まっていない。

管理者の一族であるルーデリアの戦士団の半数が、一時とはいえ敵に回った事実もある。瘴魔《デーモン》がいなくなったからといって、そのまま運用はできないだろう。

オルレアが代表を務めているルーデリアだけでなく、ルーラックもお咎めなしとはいかない可能性は高い。

シュニーがいる手前、何か必要以上に要求が来ることはないだろうが、だからといって、「はいさようなら」とはいかないだろうとも思っていた。

「向こうの動き次第ですね」

「討伐クエストみたいに、モンスター倒したらそこで終了だったらいいんだけどなぁ」

言ったところで詮無いこと。それはわかっているが、つい口にしてしまうシンだった。

†

「王が来てるんですか？　呼び出すんじゃなくて直接こっちに？」

明けて翌日。朝食を終えたところに、予想外の連絡が入った。

シンたちが元ルーセントの屋敷にいることはオルレアたちに聞けばすぐわかる。

オルレアも使者が来るだろうと言っていたし、接触なしとはいかないだろうということもわかっていた。

だが、王が直接屋敷を訪ねてくるのはシンたちも予想していなかった。

「屋敷の外でお待ちです。お通ししてもよろしいでしょうか？」

連絡しにきたエルフも動揺している。

管理者の一族とはいえ、国の王が相手となるとさすがに冷静ではいられないようだ。

「謁見とかに使われる部屋ってあるのか？」

「一応、特別な相手用の部屋はあるけど……お連れの人はどのくらいいたの？」

「護衛の方を含めると、20人はいたかと」

「多いわね」

密談用の部屋というわけではないが、そこまで大人数が入れるほどの広さはないと言う。部屋がないので人数を制限します、と言うわけにもいかない。なので、そこそこ広さのある大広間で会うことになった。

屋敷の家人に返事を頼み、シンたちは先に大広間で待機する。しばらくして、家人の案内でエルフの一団が入ってきた。

先頭はローブに近い形状の煌びやかな衣装に身を包んだエルフだ。右手には金色の錫杖《しゃくじょう》を持ち、頭部には銀のティアラを載せている。どれも神話級《ミソロジー》の装備だ。

――――【エルディン・ルー　レベル255　教皇】

(レベルはカンスト。そのうえ職業は神官系の最上位職か。選定者っぽいな)

レベル、装備、職業。どれをとっても、ただのエルフではない。

シンがエルディンに感じる存在感は、今まで見てきた王と似たものがある。

やはりというべきか、人を率いる者としてのカリスマがあった。

「お初にお目にかかる。ラナパシアの王を務めているエルディン・ルーと……」

そう言いかけてエルディンの言葉が止まる。

その目は、代表として先頭に立っていたシュニーではなく、シンを見ていた。

「エルディン様?　どうかなさいましたか?」

後ろに控えていた老エルフが、エルディンに話しかける。

しかし、エルディンは何かを確かめるように、視線をシンに向けたままだ。

そしてさらに数秒後、エルディンは後ろに控えていた者たちに向き直った。

「パダンを残し、皆は外で待て」

『エルディン様⁉』

突然の退室を促す言葉に、護衛や文官らしきエルフたちが動揺した声を出した。その様子を見て、エルディンの言葉や行動が彼らの知るものではないとわかる。

「私の言葉が聞こえなかったのか」

「しかし……」

渋ったのは服装から文官だろうと思われるエルフだ。相手が相手だけに護衛は不要と考えるのはシンにも理解できたが、それ以外の面々まで外に出そうというエルディンの意図はわからなかった。

「ぐずぐずするでない。恩人を待たせているのだぞ」

老エルフがパダンなのだろう。最初こそ困惑していたようだが、すでに立ち直ったようだ。

さすがにこれ以上渋るのは様々な意味でまずいと考えたようで、エルディンとパダン以外のエルフたちは部屋の外へと出て行った。

シンたちは口を出さない。

「パダン、防音を」

「はっ」

エルディンの指示に従い、パダンが部屋に防音の魔術をかける。

そして、シンたちに向き直ったエルディンは、おもむろに膝をついた。一国の王である、エルディンがだ。その後ろでは、パダンもまた膝をついている。

「それはいったい何のつもりですか?」

「我々の不手際により、貴きお方の手を煩わせたこと、お詫び申し上げます」

シュニーの問いに、エルディンは顔を伏せたまま返す。

その様子を見ていたシンは、ふとあることに気づいた。

エルディンとパダンの体の向きが、シュニーからわずかにずれている。その先にいるのは、シンだった。

「王たる者が、軽々しく膝をつくものではありませんよ」

「『栄華の落日』を経てなお人々に称えられ、神とすら呼ばれる方を前にしては、一国の王などさしたる存在ではありますまい」

「神?」

エルディンの言葉に、シュニーの気配が変わった。シュニーは各国から依頼が来るほどの人物だが、神などという呼び方はされない。

そして、そもそも彼らは途中から、シュニーのほうを見ていなかった。

「再びご尊顔を拝する機会に恵まれるとは、光栄の至りにございます。シン様」

「ええと、どこかで会いましたかね……？」

名を呼ばれたシンは、膝をついたまま見上げてくるエルディンの顔を見ながら考える。

この世界に来てから、ずいぶんといろいろな場所を通ってきた。しかし、いくら記憶を探っても、エルディンに会った覚えがない。

そもそも、王が国外に出ることなどそうあることではないだろう。

「『栄華の落日』より前のことゆえ、覚えておいでではないかもしれませんね」

「あー……もしかしてですけど、俺の種族ばれてます？」

「ハイヒューマンの中でも、『六天《ろくてん》』の皆さまは名と姿が広く知られていましたので。実際に見たことがあるのは、この国では私とパダンだけですが」

シンがパダンに目を向ければ、無言のうなずきが返ってくる。立ち直りが早かったのは、こちらもシンのことに気づいたからのようだ。

「なるほど、そういうことですか。とりあえず立って下さい。シュニーが前に出ているのを見ればわかるとは思いますが、ハイヒューマンだと喧伝して回っているわけではないので。それに、以前の俺たちを知っているなら、そういうのにこだわらないのはわかるでしょう？」

シンたちは【THE《ザ》 NEW《ニュー》 GATE《ゲート》】において、トッププレイヤー集団のひとつであったが、他のプレイヤーやNPCに尊大な態度は取っていない。

仲間内でも、上下関係などなかったのだ。話し相手をひざまずかせたままというのは気分がよくない。

「……そう仰られるのであれば」

シュニーたちの顔色も窺いつつ、エルディンとパダンは立ち上がった。

本人がいいと言っても、シュニーたちがうなずくとは限らないからだろう。口に出さずとも、威圧感が漏れただけで相当な圧力になる。

いくらエルディンがこの世界では強く、さらに貴重な装備を身につけていても、シュニーたちと比べてはその他大勢と大差がない。

ただ、シュニーたちは威圧感など出すことなく静かにたたずんでいるのでいらぬ心配だが。

「一応、今回のことは、シュニーが主導だったということにしてもらえると助かります」

「承知しました。我らの胸の内に秘めておくこととします」

ハイヒューマンが戻ってきた。そんな情報が出回れば、情報の真偽を確かめるために各国が必死になるだろう。

そうなれば、シュバイドが国を出たことやシュニーとともに行動していた人物の情報なども知る者が多くなる。

そして、それらの情報から、シンというハイヒューマンと同じ名を持つ冒険者に気づく者も出るはずだ。

一部の人間にはシンの能力の高さがばれている。そこから「まさか……」と考える者もいるだろう。

すでにその考えに至っている者もいる可能性は否定できないが、それでもシンに自分からハイヒューマンだと明かす気はない。

黙っていてもらえるならば、それに越したことはなかった。

「それで、わざわざそれを確認したということは、何か俺たちに用があると考えていいんですか？」

シンのことがハイヒューマンだとわかっても、王としてシュニーに接すればそれを感づかれることはない。シンたちは他の王たちと同じように接し、そして去っただろう。

それをしなかった以上、何かあるのだ。

「はい。ですが、頼みごとがあるというわけではありません。シン様にお返しするものがあるのです」

「返すもの？」

エルディンの言う返すものに、シンは思いつくものがなかった。

こちらに来てから使い捨てにしてしまった武器は確かにある。だが、それをエルディンから返される理由が思いつかない。

「シン様は、『栄華の落日』より前に現れたリフォルジーラを覚えていらっしゃいますか？」

「ええ、覚えています」

盾ごと吹き飛ばされたのは、忘れようにも忘れられない体験だ。

「私もその戦いに参加していました。とはいっても、プレイヤーの方々がいなければ事態を収拾することはできなかったでしょう」

リフォルジーラとの戦いでは、プレイヤー以外にも多くのNPCが参戦していた。その中に、エルディンもいたようだ。

「お返しするものというのは、その時にクック様が使っていた武器の刀身部分なのです。まさかシン様がいらっしゃるとは思いませんでしたので、本日は持ってきておりませんが」

「クックの……？　そういえば、あのとき武器が壊れたから修理したな」

ゲーム時のリフォルジーラとの戦いは完全に消耗戦だった。

クックは世界樹を復活させる部隊だったが、それは後方支援部隊を意味しているわけではない。リフォルジーラからすれば、活動するためにエネルギーを止めようとする邪魔者だ。当然、狙われる。

それをさせないためにシンが吹き飛ばされることになったわけだが、無傷とはいかなかった。クックの武器が壊れたのも、シンたちのフォローが間に合わなかったときに少数精鋭で立ち向かったからだ。

結果、ものの見事に折れた。渡されたカードを具現化した際に、特製の柳刃包丁の柄しか残っていなかったのをシンは覚えている。

武器の分類としては刀剣なのだが、包丁は料理スキルをアシストする調理刀。戦闘のための武器としては、ワンランク下がるのだ。リフォルジーラなどという怪物を相手にすれば、折れても仕方がないというものである。

「早くお返しするべきだったのでしょうが、我らにはその手立てがなく……」

「いえ、刀身のことは仕方がないと思っていたので。保管していてくれたことに感謝します」

そう言って、シンは頭を下げた。ゲームでは武器が損傷するのはよくあること、折れた刀身のことなど考えもしない。

だがエルディンたちは、それを今までずっと保管していてくれたのだ。

状況が違うと言えばそれまでだが、シンも鍛冶師のはしくれ、礼を言わぬわけにはいかない。

「礼を言われるほどのことは何も。我々も、調査をしなかったわけではありませんので」

「それでもですよ」

折れているとはいえ、その刀身は間違いなく古代級《エンシェント》。情報を得るために調べるのはおかしいことではないと、シンは笑って返した。

「そう言っていただけると助かります」

刀身は明日あらためて持ってくると言い、話は次に移った。

「ティエラ殿のことですが」

今回のことで、ティエラの身の潔白と強い浄化の力を疑う者はいなくなった。

現場にいなかった者の中には、疑う者もいるかもしれない。

しかし、王の居住区からも確認できたリフォルジーラの巨体に、完全に浄化された世界樹。そして、他の巫女たちの証言。

何より、力の強いエルフならば、ティエラの周りにいる精霊の数と質に何も感じずにはいられないだろうと、エルディンは言った。

今回のことで、ティエラの力が標準的な巫女の領域を超えているのは明らかになっている。

ティエラはもともと、能力的にも一般人のレベルを超えて成長している。

この世界では良いことであり、悪いことでもあった。

「今のラナパシアにとって、ティエラ殿の存在は火種にもなりえます。強い光は、人の目をひきつける。そして、その目を眩ませてもしまう。光を求めていた者たちにとって、それは抗えぬものとして映るでしょう」

ルーセントの一族のことを言っているのは、その場にいた誰もが理解していた。

ティエラが追放され、最後の当主が死んでなお、ルーデリアにもルーラックにも心まで帰属しなかった者たち、名が変わってもルーセントであり続ける者たちがいる。

そんな彼ら、彼女らにとって、ティエラはまたとない旗印となるのだ。

「もちろん、すべてのものがそうであるとは言いません。そのうえでお尋ねする。ティエラ殿はラナパシアに残る気がおありか？」

シンやシュニーと話していたときとは違う、王としての顔でエルディンはティエラに問うた。

「……いいえ、私はこの国に残る気はありません。もともと、両親の墓に参るために立ち寄っただけですから」

エルディンの覇気に気圧されそうになりながらも、ティエラははっきりと口にする。たとえ残ってくれと言われたとしても、うなずきはしなかっただろうと思わせる表情だ。

「そうか。――すまない」

静かに、だがはっきりとエルディンは口にした。

頭を下げるエルディンの一言には、様々な意味が込められている。

「保管してある刀身は、明日あらためて届けます。それ以降は、こちらから干渉することはいたしません」

「では、俺たちは刀身を受け取り次第出発しましょう。長居をすれば、余計な騒動を招きかねない」

シンの発言は、エルディンたちだけでなくティエラに聞かせるものでもあった。それを理解しているようで、ティエラは無言でうなずいている。

「急な出発になって悪いな」

エルディンたちとの話し合いを終え、周囲に人がいないことを確認してシンは言った。いつ出られるのかと考えていたのが嘘のようだ。

とんだ騒動があったが、ラナパシアはティエラの故郷。なので、長居してまた揉め事に巻き込まれるのは嫌だなと思う反面、少しくらい長居してもいいとも思っていた。

「もう用事は済んでるんだから、気にしなくていいわよ。それより、国を出てどこへ行くの？」

「最初は、俺のギルドハウスを探すのもいいかと思ったんだけどな。どこにあるかまだわからないし、当てもなく探し回るのは建設的じゃない。だから、まずは場所のわかってるローメヌンに行こうと思う。オキシジェンとハイドロにも会っておかないといけないし」

いろいろと騒動が重なり、後回しにしてしまっていたギルドハウス訪問。

いい機会なので、ローメヌンに向かうことにした。

「近場ってわけじゃないから、日数がかかるのがネックだな」

『金の商人』レードのサポートキャラクター、ベレットに聞いた情報をもとに、大陸の地形に詳しいシュニーが、一般的な馬車ならばラナパシアから半年以上かかると計算していた。

ローメヌンがあるのは、大陸上部と下部を繋ぐ部分から、南東に進んだ森林地帯の中。

整備された道などなく、途中まで街道を使ったとしても、そのくらいはかかるだろうということだった。

「俺たちの馬車とカゲロウの力があれば半分以上短縮できる。まあ、この後は急ぎの用事はないし、少しのんびり行こう」

転移で飛ばされた後、シンとシュニーはいくらかのんびりと過ごすことができた。

しかし、ティエラとシュバイドはラナパシアで、フィルマとセティは瘴魔《デーモン》に占領された街で活動していたため本格的な休養はほとんどできていない。

フィルマたちはシンやシュニーと同じく肉体的にも精神的にも強いが、休まなくていいというわけではない。休める時間があるときに、英気を養っておくのもありだとシンは思っていた。

「それにしても、まさか種族がばれるとはな」

本当に驚いたと、シンは声を漏らす。

ゲーム時代のNPC、それもサポートキャラクターでもない量産型のNPCの1体でしかないはずのエルディンが、自分を覚えているとは思っていなかった。

態度や言葉遣いが終始丁寧だったのも、もしかすると自分の戦いを見て機嫌を損ねないようにしていたのかもと、つい邪推してしまう。

クルシオの部屋で見つけた水晶についても、エルディンは可能ならば情報をもらいたい程度にしか言わなかったのも、その要因のひとつだ。

「長命種には、それなりにいると思います。もしかすると、すでに気づいている者たちもいるのかもしれませんね」

「ヒューマンやビーストからすると伝説でも、エルフやピクシーからすれば自分で見聞きした話だからな」

実際に戦っているところを見ていたならば、その恐ろしさも相当なものだろうとシンは思う。この世界では鼻歌交じりに国を滅ぼせるようなモンスターを、逆に狩るような者たちだ。話こそ通じるものの、戦うとなればその存在はもはやモンスターと同義である。

あらためて思い出すと、エルディンの顔色は終始悪かった気がしてならない。

「こうして話をすれば、恐くないことくらいわかると思うけど」

「あの御仁はおそらく選定者と呼ばれる者たちと同じ、力の強いエルフだ。他人よりも力をもつがゆえに、シンと己の力の差が理解できてしまうのだろう。始まりがそれでは、互いの距離を縮めることは難しい」

体験談なのだろう。不思議そうなティエラに、エルディンの出ていった扉を見ながらシュバイドが言う。

「国を背負っていると、いろいろ考えてしまうんでしょうか」

「それもあるな。己の決断が何千何万という民の命運を決める。その重圧は計りしれぬ。とはいえ、相手がシンならば気まぐれで国を滅ぼすなどありえぬがな」

「そりゃなぁ」

冗談でもやめてくれとシンは辟易した顔をする。可能か不可能かで言えば、可能なのがまた困りものだ。

実際のところ、ここにいるメンバーは全員可能だったりもする。

一番ステータスの低いティエラでさえ、この世界では規格外と言っていい。ステータスもすでに上級選定者の域である。

シンお手製の装備とカゲロウという従魔の存在を加味すれば、小国くらいならば本当に陥落させられる。

既存の品とは桁外れの射程を持つ弓を、弓が得意なエルフであるティエラが使うのだ。ただの兵士、もしくは上級にまで至っていない選定者程度ならば、ただの的と言っていい。

「つうか、この話はやめだやめ。フィルマたちにもこの話を伝えて、合流地点を決めるぞ」

物騒な話になっていたので、シンは強引に路線変更する。

フィルマたちのほうはリフォルジーラ出現のような非常事態は起こっていない。

本当にまずいときは連絡をもらう手はずになっているので、それがない以上問題はないはずだった。

「連絡して向こうがまだ解決してないっていうなら、俺たちがそっちに向かうのもありだと思う」

「そうですね。ローメヌンとは方向が違いますが、向こうとこちらの両方から移動するならば時間はさほどかからないでしょう」

フィルマたちのいる国はラナパシアから北に向かった先にある。ローメヌンに向かう道とは逆とまではいかないが、かなり方向が違った。

ただ、シンたちもフィルマたちも、移動速度が一般的な馬車とは桁違いだ。ローメヌンまでの道のりに比べれば、シュニーの言うとおり時間はさほどかからないはずだった。

「明日は例のものを受け取ったらすぐ出発だ。一応、ここの人たちには気取《けど》られないように注意してくれ」

知られたからといって出発するのは変わらない。ただ、できれば何事もなくささっと国を出たかった。

そして翌日。約束どおりエルディンが屋敷にやってきた。物々しい警備とともに。

「これはまた……」

「世にふたつとない貴重な品ですので、王といえども警備なしには持ち出せぬのです」

パダンが先にシンたちの元へ来て、人が多い理由を説明する。

この世界では、古代級《エンシェント》の装備は、たとえ壊れていても国宝扱いだ。

仮に売りに出されれば、数億の値がつくといわれるジェイル金貨以上の金が動く。警備はついて当たり前だった。

「こちらになります」

エルディンが布の上にのせられた刀身を差し出す。受け取るのはシュニーだ。エルディンたちに種族がばれているとはいえ、周囲の目がある状況でシンが受け取るわけにはいかない。

ゲーム時代のことだが、シュニーはシン以外の『六天』メンバーとも面識がある。

エルディンたちとの打ち合わせで、シュニーならば戦闘力や他国からの信頼を考えて、刀身を託す相手として申し分ないということにしてあった。

「確かに受け取りました。主かクック様が戻るまで、私が保管しておきます」

「よろしくお願いいたします」

シュニーが受け取った刀身をカード化してアイテムボックスにしまったのを見届けて、エルディンは帰っていった。エルフたちの中にはティエラに話しかけたそうにしている者もいたが、王が帰ると言っている状況で自分は残るとは言えないのだろう。接触はなかった。

「じゃあ、俺たちも行くか」

街の様子を見てくると告げて屋敷を出る。向かう先は市街地ではなく園の中と外を繋ぐ門だ。

「何も言ってこなかったけど、本当によかったのか？」

親しかった者もいたんじゃないかとシンは問う。別れを告げたことで何か騒動になっても、それはもう仕方がないことだと思うのだ。

「もともと突然帰って来たんだもの、いなくなるのだって突然でいいのよ」

何でもないようにティエラは言う。

シンたちは人通りの少ない道を、さらに隠蔽スキルで姿を隠しながら歩いていた。最後にゆっくり歩きたいというティエラの願いに、シンたちが協力しないはずがない。

「あなた方は」

門にはシンがラナパシアに来た時に門番をしていたエルフ、アナハイトがいた。姿を消したまま素通りしてしまってもよかったのだが、門を出るときくらいは姿を見せて通りたいというティエラの願いで隠蔽を解いている。

「……行かれるのですか」

突然姿を現したシンたちの中にティエラがいることに気づいたようで、アナハイトは確かめるように言った。

「はい。残る理由はありませんから」

ティエラが応えたことで、他のエルフたちもティエラに気づく。だが、アナハイトが片手を上げると、動こうとしていたエルフたちがピタリと止まった。

「よろしいのですか？」

「我々は門を守るのが仕事だ。かつてティエラ様の追放が決まったとき、我ら門を守る役目にある者たちは肯定も否定もしなかった。だが、我々がモンスターに後れを取るようなことがなければ、あの悲劇は起こらなかったかもしれん。出ていくと決めたならば、それを止めることなどできるはずもないだろう？」

エルフの1人が問うも、アナハイトは動じることなく応える。100年前も、アナハイトは門番をしていたらしい。その言葉は、エルフたちを説得するためというよりは、自らの不甲斐なさと力不足をティエラに謝罪しているようだった。

「じゃあ、さようなら」

「良き旅を、願っております」

アナハイトの言葉が効果を見せたのか、引き留めようとする者はいなかった。ただ、皆一様に頭を下げている。彼らもまた、アナハイトと同じく100年前から門を守っているのだろう。それゆえに、アナハイトの言葉が響くのだ。

シンが馬車を具現化し、カゲロウが引く。門が木々に隠れて見えなくなるまで、ティエラはラナパシアを見つめ続けていた。

†

ラナパシアを出発したシンたちは大陸を北上していた。まず目指すのは、フィルマたちとの合流である。

ヘカテーの担当ギルドハウス『五式惑乱園ローメヌン』に向かうのはそのあとだ。

黄金商会のベレットに連絡して情報が更新されていないか確認したが、まだシンの『一式怪工房デミエデン』や、レードの『三式駆動基地ミラルトレア』は発見できていないらしい。

「フィルマたちのほうも、とりあえず終わったか」

「はい。ですが、素直には喜べませんね」

シンがベレットから送ってもらった情報を確認している間に、シュニーがフィルマと連絡を取っていた。

シュニーによるとフィルマとセティによって瘴魔《デーモン》は討伐されたのだが、2人が来た時点で相当な被害が出ており、復興にはかなりの時間を要するだろうとのことだ。

「残ってくれと懇願《こんがん》されているようです」

「相手の気持ちもわからなくはないけどな」

詳しい話を聞いたシンは、同情を禁じえない。

瘴魔《デーモン》の魔手は国の上層部、さらに王族にまで伸びていたらしい。現状で生き残った王族は、成人前の王子だけ。宰相や文官はある程度残っているようなので、どうにか王子を盛り立てていこうとしている。

問題は、武官のほうだ。瘴魔《デーモン》によって殺された者から、自分から瘴魔《デーモン》に味方したことで処罰された者まで含めると、もはや壊滅と言っていい被害が出ている。

城壁が残っているので国内にモンスターが入ってくることはないが、その国内の治安維持すら怪しい状況だ。瘴魔《デーモン》こそ倒したものの、事後処理が悲惨なことになっている。

ここで瘴魔《デーモン》を倒した張本人たちが、「じゃあ、私たちはこれで」と言って去っていったらどうなるか。

住民が暴動を起こさないのは、2人の戦いを見ていた者が多かったから。そして、その2人が王城に残っているからだと宰相たちは思っているようだ。

瘴魔《デーモン》の魔の手から国民を守れなかった王族の生き残りは王子のみ。そして、彼を守る近衛をはじめとした軍人はほとんど残っていない。住民が暴動を起こせば、止めることはできないだろう。

「でも、国内が安定するまで残ってくれってのは、無茶な話だろ」

シンとて国内の状況を知れば、彼らの願いも理解はできる。だが、軍を再編し、街を建て直し、国として再出発するには膨大《ぼうだい》な時間がかかる。

シンたちとて瘴魔《デーモン》が暴れているとなれば手助けするのはやぶさかではない。しかし、復興までずっとというのは無理な話だ。エルクントでやったようにちょっとした救助の手伝いや臨時の――それもかなり限定的な――宿泊施設を建てるのがせいぜいだし、それとていくらでもというわけにはいかない。国そのものの建て直しなど、手に余る。

「住民にだって、わざわざ王族を捕まえようなんてことする余裕はないいんじゃないか?」

「いや、たとえそうでも、不満のはけ口を求める者たちはいる。初めは小さな声でもいいのだ。境遇が同じ者には自然と伝播し、それはいずれ大きなうねりになる。今回のような、国の浮沈にかかわるようなことならばなおさらだ」

王族を吊るし上げたところで現状は変わらない。むしろ悪くなることもある。それでも、暴走を始めたが最後、破滅に突き進むのだとシュバイドは言った。まるで見てきたように。

「何かできないんですか?」

「多少の援助はできよう。しかし、それも一時的なもの。国を支援するとなれば、それこそ大商会か国が相手にならねばならん。シンならば、可能かもしれぬが」

「無理だな。それこそ、金も人も物も足りない。これぱっかりは同情で手を出しちゃいけないことだ」

知人もいない、訪れたこともない国に、大量の支援をする。なかなかに無茶な話だ。

シンたちには黄金商会という、大陸有数の商会への伝手《つて》があるが、それとて大陸の隅から隅まで販路を拡大しているわけではない。支援を頼んでも、実現するのは難しいだろう。

現実世界でも、多くの災害が起こっていた。

日本でもそうだ。復興にどれだけの時間と資源と人手がかかるのかは、実体験として知っている。

モンスターを倒す以外では、手を出すのはあくまで手の届く狭い範囲だけ。個人でできるほんの小さなことだけだと、シンは決めているのだ。

実際は何にどこまで首を突っ込むかなど、その場その場の状況次第でひどく曖昧ではある。しかし、今回はシンの手に余る案件なのは確実だった。

「フィルマとセティが合流したら、そのままローメヌンに向かう」

「わかりました」

「うむ」

「……わかった」

シュニーは淡々と、シュバイドは安堵したように、ティエラは少し不満気味に。

三者三様の応答を聞きながら、シンは道の先へと意識を移した。

日が暮れてからは、月の祠《ほこら》を出して中で休む。

魔術によって周囲から見えないように隠蔽し、さらにシンたち以外は弾くように設定してある。仮に、見えていないがゆえに近づいてしまっても、月の祠にたどり着くことはできない。

「さて、やるか」

月の祠の鍛冶場で、シンは預かっている金色の水晶と向き合っていた。

握り拳ほどの水晶は、六角柱の上下に六角錐《すい》を取り付けたような見た目をしている。

自然に出来たと考えるには、綺麗すぎる形だ。

解析系のスキルは、相変わらず意味不明の文字列を表示している。

「魔力を流してみると、どうなる？」

アイテムによっては、魔力を流すと特有の反応をするものがある。何かしらの変化を期待してシンが魔力を流すと、思っていた以上の変化があった。

黄金色に輝いていた水晶が、薄紫色に染まったのだ。魔力を流すのをやめても、色は変わらない。

「……まずったか？」

水晶はひとつしかない。調査では当たり前にすることだったのだが、もしや取り返しのつかないことをしてしまったのかとシンは焦る。

悩んだ末に魔力を流して色が変わったのだから、吸い取ったら元に戻らないだろうかと考え、実行に移した。

「もどった……けど、なんだ？　この感じ」

ＭＰ吸収のスキルを使うと、水晶は元の金色の輝きを取り戻す。ただ、水晶から吸収したＭＰが流れ込んでくる際に、シンは違和感を覚えた。

スキルの効果によって、シンのＭＰはわずかに回復している。ただ、生じた違和感は吸収したＭＰとは別物だった。

何かが流れ込んでくるような、抜けていくような、矛盾する感覚。明確な言葉にするのが難しく、もどかしい。

自分だけが感じることなのか。それとも誰でも同じなのか。試したいところではあるが、危険がないとも限らない。

リフォルジーラの出現に関与しているだろうアイテムだ。何が起こるかわからない。

シンが１人で調査しているのは、鍛冶場が特別頑丈《がんじょう》で、もし何かあっても他のメンバーに危険が及ばないからだ。

「やはり、１人で調査していたのですね」

鍛冶場の入り口から、シュニーの声がした。水晶から流れてきた妙な感覚のせいだろうか、シンはシュニーの気配に気づかなかった。

「ばれてたか」

「それはもう。前もそうだったではありませんか」

ゲーム時代の話だ。アイテムの中には、解析に失敗すると爆発したり、毒ガスが発生したりするようなものもあった。

そういったアイテムを調査するときは、シンは決してサポートキャラクターを中には入れなかったのである。

「お手伝いします」

「……危険かもしれないぞ」

シンはステータスも高い上、装備も最上級のもので固めている。

ちょっとやそっとじゃ死なないからこそ、こうしてどんな効果を持つかわからないアイテムの調査ができるのだ。ゲーム時代になかったものだけに、慎重にならざるを得ない。

「そのくらい、承知の上です」

それに、と続けて、シュニーは言う。

「私が同じことをしようとしたら、シンだって同じことを言うし、するでしょう?」

「……降参だ。そのとおりだよ」

水晶を金床の上に置き、シンは両手を上げた。大切な人を危険から遠ざけたくて、巻き込みたくなくて距離をとる。だが、相手がそれを望んでいるかは別問題。

同じことをされて初めて、どんな思いをさせていたかに気づくなんていうのは、物語ではありふれている展開だ。

わかっていてもその選択をしてしまうこともある。だが、シンは強引に距離をとることはしなかった。

きっと距離を取ろうとしても、シュニーは強引に近づいてくる。今のシンには、それがわかった。

「試してほしいことがある。協力してもらえるか」

「もちろんです」

一応自分で試したので、危険性は高くないはず。そう思いながら、シンはシュニーに水晶を差し出した。

何があったのか説明を聞いたシュニーは、先ほどのシンと同じように水晶に魔力を流す。すると、今回も変化があった。水晶の色が、薄い青色に変わったのだ。シンのときとは、色が違う。

「おそらくですが、流れ込んだ魔力の波長が色の違いになっているのではないでしょうか?」

「波長?」

「そうですね。指紋のようなものと思ってもらえれば。魔力というのは個人ごとに質が違うので、それを波長と呼ぶことがあるんです。呼び方は他にもあります」

シュニーの説明を聞いて、そういえば似たようなことを聞いたことがあったようなとシンは記憶を探る。

「ああ、そういえば、ベイルリヒトでそんな感じの話を聞いたな」

うんうんうなっていたシンは、数分かけて記憶を引っ張り出した。この世界で目覚めてからまだ日が経っていなかったころのことなので、もうずいぶん昔のことに感じる。

シンは初めて訪れた国、ベイルリヒトの近くにある森でスカルフェイスと呼ばれるモンスターを倒した際に、相手の持っていた大剣を弾き飛ばした。

そして、そこに残っていた魔力反応から、自分が大剣の持ち主だったスカルフェイスを倒したことがばれ、第二王女に城へと招かれたのだ。

あの時、説明を受けて、ファンタジー版DNA鑑定みたいなものかと考えていたのを思い出す。

「そういえば、たまにうっすらとそんな感じのオーラが見えることがあったっけ。あれは魔力の光だったんだな」

「シンは魔力を見るスキルを持っていますから、意図せず見ていたのでしょう。意識すれば、自分の魔力も見えますよ」

物は試しと、シンは自分の手を見ながら、光源を発生させる【ライト】のスキルを最低光度で使用する。その際、手を覆う薄紫色の光が見えた。

「シュニーは、薄い青色なんだな」

シンと同じように【ライト】を使用したシュニーの手を、水晶と同じ色が覆っていた。見比べてみると、自分のほうが色が濃いというか、濁《にご》っているみたいだとシンは思った。

「あとは、こいつにMPドレインを使って流した魔力を吸い取ってもらえばひとつ目の検証は終わりだ」

いつまでも眺めているわけにはいかないので、シンはシュニーに水晶を差し出してスキルを使ってもらう。

水晶はシンがやったときと同じように、薄い青色から金色へと戻った。

「………………」

「シュニー？」

ここまでの反応は同じ。

あとは自分が感じた違和感について聞こうとしたシンだったが、ふとシュニーの様子が変だと気づく。その目は開いているが、ここではないどこかを見ているようにシンには感じられた。

「あ、はい。なんでしょうか」

「いや、それは俺の台詞《せりふ》だよ」

肩をゆすって、やっと反応が返ってくる。シンの声も聞こえていなかったようだ。

「鮮明には思い出せないのですが、糸のようなものが見えたんです」

わずかな時間ではあったが忘我状態にあったと伝えると、シュニーは記憶を探るように考え込みながら言った。

視点はおそらく自分。真っ暗な空間と、自分からだろうどこかへと向かって黄色く光る糸のようなものが、暗闇の先へと伸びている。そんな光景が見えたという。

他にも何か見えた気がするとシュニーは言うが、そちらは思い出せないようだ。

「俺には見えなかったな。俺は何かが流れ込んでくるような、吸い取られるような、変な感じがするんだ。シュニーはどう感じるのか聞こうと思ったんだが、これはみんなにやってもらったほうがいいか？」

２人では考察も難しい。仕方がないので、シュバイドたちにも声をかけて同様のことをしてもらった。

ティエラはＭＰドレインのスキルを持っていないので、同様の効果が付与されたガントレットを使ってもらう。

その結果、シュバイドはとくに何か感じることはなし。水晶は黒混じりの銀色に変わった。

ティエラは光る巨大な樹木のようなものが見えた。水晶は緑色に変わった。

「まさか、ユズハもシュニーと同じものが見えるとはな」

ユズハも魔力を流したり吸収したりすることは可能だったのでやってもらったのだが、こちらはシュニーよりも鮮明に見えたという。

真っ暗な空間には夜空に浮かぶ星のような輝きがあり、糸の先はそのはるか遠くへと伸びていたらしい。ちなみに水晶は色こそ変わらなかったが、輝きが強くなっていた。

「２人に、何か共通することってあるか？」

片やサポートキャラクター、片やパートナーモンスター。ゲームならば設定からして異なる存在だ。

全員の知識を総動員してみるが、明確な答えは見つからない。

「もしや……いや、しかし」

「どうしたんだ？」

皆が考え込む中、シュバイドがポツリとこぼす。それを聞いたシンは、何か思い当たることでもあるのかと問う。

「思いつきのようなものだが、シュニーとユズハ。そのどちらもシンと深い繋がりがある。それが理由とは言えんが、要因のひとつくらいには挙げられるかと思ったのだ」

「繋がりか。でも、それを言ったらシュニーと同じサポートキャラクターのシュバイドだってそうだろう？」

作製時期こそ違うが、2人ともシンが設定したサポートキャラクターだ。シュニーに該当するものは、シュバイドにだって大抵は当てはまる。

「我の言う繋がりは精神的、もしくはそれとも異なる曖昧なもの。それゆえ、思いつきと言ったのだ。ユズハは本来、パートナーにはできぬ存在。だが、今ユズハはシンの相方として傍にある。今までの言動から鑑みても、特別な繋がりがあるのは間違いない」

そこまで言って、シュバイドはシュニーに視線を移した。

「そしてシュニーだが……こちらは、まあ、あれだ。シュニーの願いが成就しただろう？　それは、我やフィルマたちとは一線を画す特別な繋がりと言えるのではないか。そう考えたのだ」

根拠のない話なので笑ってくれてもいい。そう続けて、シュバイドは口を閉じた。

「笑えないって。わからないことが多いだけに、否定もできない。確かに、特別な繋がりだと思うしな」

結局のところ、明確な答えなど考えたところで出はしない。ただ、シュバイドが言った繋がりが原因ならば、不安よりも安心が勝る。少なくとも、肯定的に取れる繋がりだ。

「くぅ！　とくべつ！」

「そうですね。それが理由なら、同じものを見たのも納得です」

特別な繋がりがあるというシュバイドの考えに気分を良くしたようで、ユズハの尻尾がぶんぶん振られている。シュニーもユズハのような派手さはないが、笑みが深くなっていた。

「むぅ……」

ただ、ティエラだけ少し不満げである。わずかにほおを膨《ふく》らませ、目つきが鋭くなっていた。

その態度は、「それなら私もでしょ！」と言いたげだ。

ティエラに宿っていたマリノのことを考えれば、シュバイドの言う特別な繋がりがあってもおかしくはない。

しかしティエラには、シュニーやユズハと同じものは見えなかった。それが不満なのだ。

「…………」

それに気づいたシュバイドが、「しまった！」という表情で固まった。

シンも気づいていたが、下手につつくとどうなるかわからない。というより、不満を晴らす手が思いつかない。

「くぅ」

固まる男2人。だが、そんなものは知らぬとばかりに、ユズハは水晶に前足を乗せてくぅくぅ鳴きながらじっと見つめている。時折、尻尾がばさりと揺れた。

「ユズハ、何か気になることでもあるのですか？」

いつのまにか、シンたちの視線はユズハに集まっていた。気まずい雰囲気のシンたちに代わって、シュニーが問う。

ユズハはじっと見ていた水晶を尻尾で包むように掴むと、シンに差し出してきた。

「これは、シンが持ってるべき」

「俺が？」

水晶を受け取りながら聞き返す。瘴魔《デーモン》が使っていたものなので、あまり良い印象はない。しかし、ユズハがそう言うなら何かあるのかもしれない、ともシンは思う。

「一応、理由を聞いてもいいか？」

「これ、世界を越えた始祖の欠片《かけら》」

「世界を越えた？」

予想外の言葉に、シンは再びユズハに問う。情報が足りなすぎて何を言っているのかわからない。

「オリジン、覚えてる？」

「……あいつか。忘れようがないな」

デスゲームのラスボスであり、シンがここに来る直前まで戦っていた相手だ。忘れようと思っても忘れられるものではない。

ただ、オリジンを倒したときのドロップアイテムは、すべて持っている。その中に、シンが手に持っているような水晶はない。

アイテムはすべて、用途不明のまま、シンのアイテムボックスの中に眠っている。

「あれが始祖。この世界の人の原型になった7柱のうちのひとつ。本当の名前はオリジン・I《ワン》」

「そういう話は聞いたことがあったが、なるほど、あれがドラグニルのオリジナルか」

ゲーム内では、七大聖と呼ばれていた七種族の最初の1人。

ユズハの話から推測すると、オリジンと同じ存在が、あと6体いることになる。

「でも、なんであいつだけだったんだ？　他の奴らもいたら、勝ち目なんてなかったぞ」

ダンジョンの、最後の間《ま》にいたのは1体だけだった。あれが7体いたとすれば、勝つことなど不可能だったのは間違いない。

「くぅ、わからない。まだ全部思い出せない」

「思い出せたら、俺がこの世界に来た理由もわかるのか？」

「わからない。ユズハがどれくらい知っているのかが、わからないから」

実はユズハはすべての謎を知っているのでは？　と思ったシンだったが、ユズハ自身もわからないようだ。

知っているかもしれないし、知らないかもしれない。ユズハの記憶を取り戻すことも、旅の目的のひとつになりそうだ。

「それで、結局俺が持ってたほうがいいっていうのは、どういうことなんだ？」

「オリジンと戦ったことがあるのはシンだけ。それに、もし何かあってもシンなら大丈夫」

「そういう意味かい……」

持っていて一番安全な人物、という意味だったらしい。ユズハの様子から、もしかすると他にも意味があるのかもしれないが、現状では答えられないだろう。

「ま、解析するにしても俺がやるしかないし、俺が持ってるのが一番なんだけどな」

まだいくらか試せることはある。

そっちは移動しながら、試すことにした。

†

そこから数日後、シンたちはフィルマたちと合流する。

「やっと合流できたわね。久しぶりだけど、やっぱり野宿はつらいわ」

「ベッドが、ベッドがわたしをよんでいる……」

合流した2人は、とくにセティは、とても疲れた顔をしていた。セティの言うとおりベッドに放り込めば、そのまま夢の世界に旅立つのは間違いない。

ずっとツムギンとプライベートエリアを守っていたので、野宿は久しぶりだったのだろうかとシンは思った。

しかし、それにしては疲れすぎているように見える。

ゲーム時も野宿をすることはほとんどなかったが、後方支援がメインとはいえ、セティもまたこの世界では圧倒的といえるステータス持ちだ。疲れにくさも人一倍である。

そんなセティがここまで疲れているとは、いったい何があったのか。

セティだけを見るならば、よほど手強い瘴魔《デーモン》でもいたのかと思うところ。だが、フィルマのほうは口で言うほど疲れた様子はない。

世界を放浪している際に野宿をよくしていたのだろう。ボーッとしているセティの手を引いているところなど、まるで姉妹のようである。

「今日はこれ以上の移動はやめとくか」

「そうですね。2人とも、先にお風呂に入ってきなさい」

2人の様子を見て、シンは苦笑しながら月の祠を具現化した。それに合わせて、シュニーが2人を中へ誘う。

「こういう携帯できる建物、あたしも欲しいわね。封じられる前と同じだから大丈夫だと思ってたけど、シンたちと旅をするのに慣れちゃったからか、お風呂がないのがつらくって」

「今回みたいなことがまたないとも言えないし、作るのもいいかもな」

「それより、ねむくならないアイテムを……」

なんとなく言ったシンに、セティがよよよと縋りついてきた。いったい何があったのか、若干涙目である。

「セティは野宿がつらかったんじゃなくて、単純に寝不足なだけだから心配いらないわよ」

「寝不足？」

「あーあーあー！　それは言わないでー！」

フィルマの言葉でいくらか目が覚めたのか、セティがそれ以上言わせまいと止めにかかった。

「シンと再会して最初の戦いだった邪神戦ではあんまり活躍できなかったでしょ？　張り切ってた分ちょっと消化不良でね。その反動でやる気を出しちゃったのよ。昼夜問わず、徹底的に瘴魔《デーモン》を叩いて回って。おかげでもう、あの国のどこを探しても瘴魔《デーモン》の影はないって断言できるんだけど、張り切りすぎた反動が今来て、こんな状態ってわけ」

「なるほど、セティだけやけに消耗してるのはそのせいか」

フィルマの説明に納得したシンは、うーうー言いながら恥ずかしそうに顔を隠しているセティに微笑ましいものを見る視線を向けた。

張り切っていたのはシュニーを心配していたからだ。セティも同じ気持ちだったことを再確認して嬉しい気持ちにならずにはいられない。

「ありがとう、セティ」

「皆から生暖かい視線を感じる。というか、シュー姉はなぜ私を抱き上げているのかしら……？」

見た目が少し幼いせいもあって、その言動から背伸びをしたがる中学生のようなセティ。

そんなセティをシュニーは後ろから抱き上げ、そのまま月の祠に入っていってしまった。

「あれは……？」

「ほら、セティは妹みたいな位置づけだけど、シュニーはとくにセティを妹扱いしたがるじゃない」

「あれは妹扱いというよりは」

娘を抱きあげる母親のような、と思ったが口にはしなかった。見た目でいうとフィルマのときと同じく姉妹のようなのだが、雰囲気がより母性的なのである。

サポートキャラクターの中で最初に作製されたシュニーと、最後に作製されたセティ。

妹的な位置づけとして設定したのはシンだが、それがなくても性格的に似たようなことになっていたんじゃないかと思う。

「俺たちも中に入ろう」

先に入ったシュニーたちに続いて、シンたちも月の祠に入る。セティは言葉どおり風呂に連れて行かれたようだ。

「じゃあ、あたしも行ってくるわね」

フィルマも風呂場に向かう。

まだ夕食には早い時間帯。シンはシュバイドやティエラ、ユズハの意見を聞きながら水晶の解析を進めることにした。


移動を始めたのは翌日。フィルマはそうでもなかったが、セティは夕食も食べずに朝までぐっすりだった。

「シュー姉の料理に慣れると、店で食べる料理が物足りなくなるわね」

朝食を終えて出発したシンたち。御者台に座るシンの横でつぶやくのは、セティだ。

1人だけがっつり寝てしまったので、気恥ずかしいのか馬車の中にいづらいらしい。

「自分で作ったなら、こんなもんだで納得できるんだけどな」

「あ、それはわかる」

セティと再会したときも料理中だった。

シンの記憶では、セティは料理スキルを持っていなかったはずだが、何百年もやっているとさすがに習得できるようだ。今ではⅣまで成長しているらしい。

「シュー姉が、料理スキルをⅨまで上げたって聞いたときは、驚くと同時に納得したわ。あのおいしさは、クック様に匹敵すると思うし」

「実際、シュニーはクックの料理を食べたことがあるからな。参考にもしただろうし、シュニーならさらにうまくできないか、試行錯誤してるだろ」

シュニーの料理は、たとえスキルレベルで劣っていても、システムの縛りがあったクックの料理以上ではないだろうか、とシンは思う。

もはや胃袋をがっちり掴まれた状態だった。胃袋以外もがっちり掴まれているが。

「ところで、私たちが合流するまで何があったの？　出発前にかいつまんで聞いたけど、悪魔とか世界樹とか、この世界じゃめったに遭遇しないようなことに関わり続けてるらしいじゃない」

「こっちから近づいたわけじゃないぞ？　悪魔のほうは転移させられた先にいたんだ。しかも、片方は人と共存してた」

元プレイヤーのヒラミーやマサカドのこと。ルクスリアやアワリティアのこと。他にも世界樹やリフォルジーラのことなど、情報共有の意味も込めて話していく。

「シンといると、普通じゃ体験できないことばかり体験しそうね」

「意図的ではないとだけ断言させてもらおう」

否定できないので、せめてもの抵抗と苦々しい顔をしながら言った。

「それはそうと、せっかくシュニーと2人きりだったんだから、何か進展があったんじゃないの？　聞かせなさいよ」

「唐突だな……」

話しかけてきたのはフィルマだ。セティとの会話を聞いていたのだろう。ここぞとばかりに御者台に乗り込んでくる。

「なんだかシュニーの雰囲気がやわらかくなった気がするの。これは絶対何かあったと確信したわ。さあ、洗いざらい吐いてもらいましょうか。セティ、反対側よろしく」

ふっふっふとつぶやきながら、ニヤニヤ顔でフィルマはシンの腕を取った。

馬車を引いているのがカゲロウなので、まじめに御者などしなくても指示をすればそのとおりに進んでくれる。

それを知っているので、シンの左腕を抱え込んで逃がさないようにしていた。

「了解よ。私も興味があるしね」

フィルマの台詞を聞いたセティも、同じようにシンの腕を取る。左右からがっちり腕を掴まれ、シンの逃げ道がなくなった。

「シュバイド、ユズハ。そこをどきなさい」

「ユズハが気を利かせた。どうなったのか詳しく知りたい！　教えるべし！」

「皆、シュニーを心配していたのだ。ここならば我ら以外に聞かれることもなかろう」

「口元が緩んでいるじゃないですか！　実は楽しんでいるでしょう⁉」

馬車の中から何やら言い争う声がシンの耳に届く。

御者台での会話は馬車の中に筒抜けだ。フィルマたちに話しているが、当然中にいるシュニーたちにも聞こえている。

ユズハの機転でシンとシュニーが2人きりで過ごしていたというのは、すでに全員が知っているらしい。

シュバイドは、ラナパシアでのシュニーの「妻」発言で、おおよそ察しているようだ。

ユズハも察しているだろうが、こちらは詳細が気になるらしい。

そんな中、ティエラだけがしゃべらず動いてもいない。

マップや気配ではどんな表情をしているかなどはわからないので、ティエラがこの状況をどう見ているのかは不明だ。

「あんまりいじめてやるなよ？」

『それはシンの報告次第』

シュニーの予想は当たっていたなと思いながら言うと、フィルマとセティがまったく同じ台詞を同時に返してきた。食いつきいいなとシンは苦笑する。

「仕方ない。じゃあ、まずは飛ばされた直後のことからだな」

フィルマたちと心話で連絡を取り合った後の部分から、シンは語り始める。

途中、互いに告白しあったところを語った際に歓声が上がったのは、仕方がないことだろう。

それはシュニーの願いが成就した瞬間であり、シンがこの世界に残ることを宣言した瞬間でもあったからだ。

「そのあとは当然営みがあったのよね！　そうなのよね！」

「っ！　っ‼」

フィルマの食いつきが尋常ではなかった。興奮のあまり、互いの鼻がくっつくくらいに顔を近づけてくる。

シンがのけぞりながらセティのほうを向くと、セティはセティで鼻息を荒くして、早く続きを話せと無言の催促をしてくる。

「いや、そこは話さねぇよ！　恥ずかしすぎるわ！」

結ばれましたでフェードアウトし、そのまま翌日という流れだろうとひっついてくる2人を腕力に物を言わせて強引に押しのける。

なぜ、男女の睦言を詳細に語らねばならないのか。断固拒否である。

「えー、いいじゃない。へるもんじゃないでしょー？」

「そうだ、そうだー」

「黙らっしゃい」

シンはぶーぶー文句を言う2人にデコピンをお見舞いして黙らせた。

いつのまにか、馬車の中の喧騒も止まっている。

きっとシュニーは耳まで真っ赤だろうなと思いながら、シンはあらためてカゲロウに指示をし直した。

†

「で、そっちはどうだったんだ？」

話が一段落したところで、シンはフィルマたちに聞く。

２人がいた国のことは、まだ大まかにしか聞いていない。

「先に心話で話したことがほとんどよ。飛ばされた先は普通の海岸だったんだけど、場所の確認のために寄った国が瘴魔《デーモン》に攻撃を受けてたのはさすがに驚いたわ」

まずセティが瘴魔《デーモン》の気配に気づき、隠れて気配を探って主犯を見つけた。

予想外だったのは、瘴魔《デーモン》のいた場所が玉座の間だったことだ。反応の多さから王や大臣クラスを操っているのかと思いきや、殺し合いをさせようとしていた。

すんでのところでセティが魔術で止めたものの、敵襲と勘違いされて包囲されたという。相手を傷つけることなく無効化して見せたことで、何とか話を聞いてもらえたようだ。

その場にいたほとんどの者が【魅了《チャーム》】や【混乱《コンフュ》】といった精神系スキルを受けていたので、それも解除すると相手側も何かが起こっていると認識したという。

「セティがいてくれて助かったわ。自分はともかく、他人の回復はあまり得意じゃないから」

「私の専門も、どっちかって言うと攻撃なんだけど」

セティは味方のステータスを上げるバフと攻撃魔術がメインのサポートキャラクターだ。だが、ＩＮＴが高いと回復関連の効果も上がるので、魔導士のＭＰの高さもあってシンのサポートキャラクターの中では上位の回復要員でもある。

シンがサポートキャラクターとパーティを組むときはフィルマ、ジラート、シュバイドが前に出て、セティが後方支援。シンとシュニーは相手のタイプに応じて攻撃、支援、回復を行うというものだった。

フィルマはシュバイドのように相手のターゲットを自分に集めて攻撃を耐えるタイプでも、ジラートのように速度で翻弄するタイプでもない。ＨＰ吸収攻撃を主軸に相手を殴り続ける、少々特殊ともいえる戦闘タイプである。

そのせいもあって、自身の回復は得意だが、他人の回復はさほど得意ではないのだ。

仮にフィルマとシュバイドという組み合わせだったならば、精神系スキルを受けていた者たちを完全には回復できなかった可能性もある。

「あとはまあ、片っ端から状態異常を解除して回って、怪しい場所、人物、アイテムなんかをピックアップしていったの。セティが大活躍だったわ」

魔術はいろいろと応用が利く。戦闘特化のフィルマは、ほとんど見ているだけだったらしい。

「瘴魔《デーモン》を叩き斬ったのはフィル姉だけどね」

フィルマたちが飛ばされた国――アクラカンというらしい――には公爵級や侯爵級といった大物はおらず、子爵級や男爵級といった低位の瘴魔《デーモン》が複数いた。

一般人にとっては脅威だが、フィルマたちからすれば完全に雑魚。見つけた端から真っ二つにして消していったという。

途中からは瘴魔《デーモン》も隠密行動をするようになって、倒すよりも探すほうに労力がかかったようだ。

飛ばされた面子《メンツ》の中で、一番時間がかかっていたのはそのせいだった。

「そういえば、残ってくれって懇願されたらしいけど、黙って出てきたのか？」

「わかる限りで瘴魔《デーモン》はもう残ってないとは伝えてきたわ。セティが徹底的にやったから、よほどうまく隠れてない限り大丈夫だと思う。あれだけやって見逃してたとしたら、あたしたちの能力じゃ見つけられないわね」

「隊長っていうか、指揮官的な個体を最初に倒したからか統率も取れてなかったし、生き残りがいたとしたら発見される前に逃げ出した個体くらいのはずよ」

逃げようとしたやつから倒していったからないとは思うけど。そう続けて、セティは風でずれた帽子の位置を直した。

セティとフィルマはアクラカンの兵士と協力して、国の外周から内へ内へと輪を縮めるように瘴魔《デーモン》を狩っていったらしい。

最初から外周の外にいてすぐに逃げた個体がいた場合を除けば、すべて狩りきったという。最初に指揮官級の瘴魔《デーモン》を倒したからこそ、ばらばらに逃げる個体を個別に撃破できたのだ。

「一応、少しは瓦礫《がれき》の撤去とか救助とかもしてきたわ。あとは自分たちで何とかしてもらうしかないわね。あたしたちみたいなのがいると、頼りきりになっちゃうから」

一般人では撤去できないような大物だけ片付けてきたようだ。後半の台詞については、『栄華の落日』直後の混乱時に似たような経験をしたり、体験談を聞いたという。

その国に永住する気がないなら、手を出すのはほどほどに。それが、同じように力を持った者たちが同じような経験から出した結論だという。

それはシンが考えていたことと同じだった。一時滞在するだけならば、ボランティア程度にとどめておくべきなのだ。

「それで、今回は瘴魔《デーモン》は何が目的だったんだ？　王族を狙ってたん……だよな？」

「大それた何かがあったってわけじゃなさそうね。指揮官役だった瘴魔《デーモン》も、階位が一段上だったのが1体だけだったから自動的にそうなったってだけみたいだったし。単純に人に対して敵対するっていう瘴魔《デーモン》の本能？　習性？　に従った結果じゃないかしら」

何かを探していたり、特定種族だけをどうにかしたりしようとするような、特徴的な行動は見られなかったとフィルマたちは言う。

以前、ベイルリヒトに潜伏していた瘴魔《デーモン》も似たようなことをしていたので、おそらくはそうなのだろう。

ゲーム時代の記憶に照らし合わせても、低位の瘴魔《デーモン》が綿密な計画を立てていたなどという話はないし、聞いたこともない。

「瘴魔《デーモン》は見つけたら倒す。サーチ&デストロイでいいのよ。どうせ倒しても倒しても湧いてくるんだから」

セティの言うことも間違いではない。そもそもが人類の敵なのだ。和解という選択肢が初めから存在しない。

生まれる原因は人側にあるというのは、シンたちにはどうにもできないことだった。

Chapter 2 一対の巨獣

THE NEW GATE

「進めば進むほど、寒くなっていくわね」

隣に座るティエラがつぶやいた。言葉とともに、白い息が後方に流れていく。

移動を開始してはや1月。

一般的な馬車とは桁違いの機動力を誇るシンたちの馬車が、真っ白な大地に2筋の轍《わだち》を残しながら進んでいた。

エルトニア大陸は広大で、ゲームの名残か同じ大陸内でありながら、極端に気候が違う場所が存在する。

シンたちがいるのは、フィルマたちが飛ばされた国から南東に進んだ先。大陸上部エストの南部に近い場所だった。

「きついなら、中に入っててもいいぞ?」

「大丈夫。シンが貸してくれたマントのおかげで、凍えることはないわ」

ティエラが身に着けているのは、ふかふかのファーがついた膝まで長さのあるマントだ。

耐寒用なので白い生地は厚いが、特殊な処理をしているため見た目よりもはるかに軽い。

羽織《はお》っているだけで全身に耐寒効果がもたらされるため、マントの下は陽炎《かげろう》シリーズのままだ。

マントの下からは健康的な素足が見えている。

もしシンたちの進んでいる場所やその周辺に住んでいる人がいたらならば、目を疑うだろう。なにせ、現在の気温はマイナス20度。素肌をさらすような格好はあり得ない気温だ。

「ヒノモトの北部も寒かったけど、ここはそれ以上ね。ただの森でモンスターが凍ってるのなんて、初めて見たわ」

ティエラの視線の先には、真っ白に凍りついたワイバーンの上位種、ハイヴァーンが同じく白く凍りついてぱっくりと割れた木をへし折った状態で鎮座していた。

翼を広げた状態で凍りついたのだろう。右の翼、尻尾半分、さらに首までがぽきりと折れてしまっている。

「これって、自然現象なの？」

その光景はこの世界の住人であるティエラにとっても異常なものだったようだ。

「シュニーによると、今俺たちが走ってる場所は、全長20ケメルくらいの楕円《だえん》形のエリアの中らしい。その中は周囲と比べて異常なほど寒いんだとさ。たぶん、もともとはそういう地形だったんだろう。一定範囲だけ気候が違う、なんてのも『栄華の落日』以前は珍しくなかったからな」

「間違ってエリアに入っちゃったせいで、ああなったのね」

「だろうな。ハイヴァーンは寒さにもある程度耐性がある。でも、ここの寒さは多少耐性がある程度じゃ耐えられない。これは俺の推測だけど、土地そのものが冷気を出すエリアの一部が地殻変動で切り離されたんだと思う。あれと同じような光景を見た覚えがあるからな」

ハイヴァーンに視線を送りながら、シンは言う。

寒さ対策をきっちりこなしていかないと、たちまち行動不能になる特殊エリアのひとつ『アブソリュート・コート』が脳裏をよぎった。

何の対策もせずにエリア内に入るとアバターが数秒で凍りついて行動不能になり、ゆっくりと減るHPが0になるか、モンスターに粉々にされるまでひたすらじっと耐えなければならなくなる苦行のエリアだ。

寒さ自体は感じるので、冷え性のプレイヤーには蛇蝎《だかつ》のごとく嫌われていたエリアでもある。

「このあたりに人が住んでいないのは当然ね」

エリアに入らなければ危険はないとはいえ、わざわざ危険地帯の近くに住む人はいない。

「お、抜けるぞ」

視界の先に、エリアの境《さかい》だろう変化が見える。

シンたちのいるエリアの木々は白く凍りつき、さらに割れている。

対して、境の向こう側は凍るどころか普通の草原だ。範囲の中と外がよくわかる光景だった。

草原をそのまま南東へまっすぐ進むと、今度は鬱蒼とした森が姿を現す。

「そろそろだな」

ベレットからの情報どおりに森林地帯に入りそのまま進んでいると、木々が途切れた。その先では、色とりどりの花や植物が生い茂っている。生い茂りすぎて、先が見通せない。

「ねぇ、シン。本当にこの中に？」

「ああ、今【透視《スルー・サイト》】で確認した。間違いない。ほら、植物の茎が絡みついてる建物が、あの蓮の葉みたいなやつの上に見えるだろ？　あれだ」

生い茂る草花の先３００メルほどの場所に、シンのよく知る建物があった。

空から見れば、それが長方形の形をしていることがわかるだろう。

外装なし、迎撃設備なし、研究設備満載。それが『赤の錬金術師』ことへカテーのギルドハウス、『五式惑乱園ローメヌン』である。

外見はコンクリートで出来たブロックが三つ重なったような、ある意味牢獄のような姿。

外壁を植物の蔦《つた》が覆っているので、気持ち程度だが無機質な印象が薄れていた。

建物を中心に半径５００メルまでがローメヌンの影響下にあり、気候や植物の生育などに効果を発揮する。

「……大きいのね。ギルドハウスって、皆これくらい大きいものなの？」

ティエラが視線を上に向けながらつぶやいた。

セルシュトース、パルミラック、ラシュガムと、今まで見てきたギルドハウスはどれも巨大だった。

ローメヌンもその例に漏れず、建物の大きさはおおよそ縦幅８００メル、横幅６００メル、高さ20メルと、個人で所有するにはあまりにも巨大だ。

「そうだな。人によるけど、俺たちの場合はどれもでかいな。俺とかヘカテーの場合は研究開発がメインだから、機材とか入れると結構でかくなるんだよ。細かい数値は覚えてないけど、見た目が一番でかいのは、ラシュガムかミラルトレアだろうな。あっちは戦闘もできるようになってるから、とにかくいろいろ詰め込んである。逆に一番小さいのは、たぶん俺のギルドハウス、デミエデンだ」

シンのギルドハウスであるデミエデンは、地上の建物で言えばローメヌンより一回り規模が小さい。

ただし、デミエデン、パルミラック、ローメヌンの3つは他のギルドハウスと違い地下にも施設がある。そのため、目に見える部分以外ではやはり相応の広さがあった。

小さいのは、あくまで地表にある部分だけの話である。

ちなみに中身が物騒なのは、デミエデンがダントツだ。

「さて、じゃあ行くか」

装備の確認をしてから、生い茂る植物をかきわけてローメヌンのエリア内に足を踏み入れた。

ローメヌンに自生する植物の持つ毒や麻痺は危険だが、幻覚や魅了のような自滅を誘発するものも数多い。

なのでティエラとユズハには、植物にありがちな状態異常をシャットアウトする効果を持つアクセサリをつけさせている。

上級選定者をステータスで上回りつつあるティエラでも、対策なしに入れば生きては出られないほど危険なのだ。ユズハは問題ないかもしれないが、念のためである。

ティエラとユズハ以外は、すべての状態異常を無効にする『神代のイヤリング』があるのでそのままだ。

危険地帯と定められているのも当然で、一般人なら近づいただけで死へのカウントダウンが始まる。ベレットたちが調査できないと言っていたのも納得な話だった。

「見たことない植物ばか――りゅぇぇ……」

触らないようにしつつ植物を観察していたティエラが、顔をしかめて口と鼻を押さえる。

視線の先にあったのは、パラグレシアというリアルでいえばラフレシアによく似た植物だ。強力な魅了効果のある薬の材料になる。

対策をしていればただの臭い花だが、その臭いが尋常ではない。

ゲームでは吐き気がしても嘔吐《おうと》することはなかったが、それでもリアルで思い出してえずくくらいの威力があった。

ちなみにティエラがえずいた瞬間、シンたちは風術系のスキルで臭いをシャットアウトしている。ティエラにもスキルを使うと、吸い込んだ臭いを追い出すように深呼吸していた。

そして、様々な植物をかきわけながら進むこと15分。シンたちはローメヌンの前までたどり着いた。

「さて、ギルメン用の入り口はっと」

ギルドメンバーは、一般プレイヤー用とは別の入り口から入ることができる。研究施設ということで、ギルドメンバー以外のプレイヤーも訪ねてくることがあったので、別に作ったのだ。

ローメヌンから少し離れ、大樹のような植物に囲まれた場所に向かう。その中心部分に、転移用のポータルが隠されていた。

「これは?」

「転移装置だ。これで地下1階のエントランスに飛べる。機能は生きてるみたいだから、まずは俺が行って話をしてくる」

ギルドメンバーとそのサポートキャラクターならば問題なく飛べるが、その場合ティエラだけ取り残されてしまうので、シンは自分だけ先に行くと告げた。

転移装置を起動すると、視界が一瞬で見慣れた場所に切り替わる。装備製作の過程で薬品が必要になることもあり、ローメヌンにはよく来ていたのだ。

「あたっ!?」

「ん?」

転移で移動した矢先に、シンは腹の辺りに軽い衝撃を感じた。

続いて聞こえたのは、少年とも少女とも取れる少し高めの声。視線を下げた先には、白衣を着た少年の姿があった。

「悪い。まさか目の前に出るとは思わなかったんだ」

「ああ、いや、こちらこ――そ?」

少し長めの白髪の間から見える細目が少し広がり、薄青色の瞳がよりはっきりと見えた。

ヘカテーのサポートキャラクターの1人。ハイピクシーの美少年、オキシジェンだ。

何を考えてヘカテーがそう作ったのかはシンにはわからないが、ローメヌンに常駐しているサポートキャラクターのオキシジェンは非常に小柄。

対して、ハイドロというもう1人のサポートキャラクターは逆に背が高い。

オキシジェンの身長は頭がシンの胸に届かないので、140程度しかないはずである。

小学生並みの小柄な体に、なぜか明らかに丈が長い白衣が標準装備。シンにはその意図がさっぱりである。

「久しぶり。俺のこと覚えてるか?」

「忘れようと思っても、忘れられないかなぁ」

相変わらずののんびり口調で、オキシジェンが答える。常に微笑しているような表情が、オキシジェンのデフォルトだ。

「500年くらいここに籠《こも》ってるって聞いて様子を見に来たんだ。ハイドロもいたと思ったけど」

「そういえば、結構長く籠ってましたねぇ。ハイドロなら、1階の栽培《さいばい》区画で収穫してますよ」

時間はもうすぐ正午を回る。昼食の用意をするところだったようだ。

「外にシュニーたちを待たせてるんだ。いろいろと話もしたいから、入れてもいいか？」

「シン様のお連れの方なら、否はないですよ。こっちに直接来ますか？」

「ああ、転移装置の前で待機してもらってる」

先ほどは、何年も誰かがやってくるということがなかったので、前兆に気づかなかったらしい。

ちなみに、仮にシンが転移した場所にオキシジェンがいても、シンの転移先がずれるだけなので危険はない。

シンはいったん外に出て、シュニーたちとともに再転移する。ティエラだけは、オキシジェンに頼んで転移装置の使用許可を出してもらった。

「ほう、500年ぶりの訪問者がシン様とはね」

シンたちが再転移してから数分後、ハイドロがエントランスにやってきた。

オキシジェンと同じく白衣に身を包んでいるが、こちらはきっちりと着こなしている。

背丈はシンよりは低いがシュニーよりも高い。おおよそ170セメル台、それも半ば以上だろう。

濃い青色の髪は短く、女顔の男性にもボーイッシュな女性にも見える。

シンは性別が女性だと知っているので、髪型や立ち振る舞い、口調などからどこかの劇団の男役のようだと感じていた。

美人だが、どちらかと言えば女性にもてるタイプである。ただし、白衣の下は女性らしい凹凸のはっきりした体形だが。

オキシジェンと同じ薄い青色の瞳は、興味深げにシンを見ていた。

「シン様が戻ってきたということは、ヘカテー様も戻ってきているのかな？」

「いや、悪いが戻ってきてるのは俺だけだ。他のやつらは、たぶん戻ってきたくても無理だと思う」

死んだとは思っていなかったようだ。外部と連絡を取っていたわけではないようなので、死んだと思われていることを知らないのかもしれない。

もしくは、他のサポートキャラクターと同じく、戻ってこないだけと認識しているかだ。

「そうか。残念だが仕方ない。気まぐれな人だったからね」

どこか遠くを見るように、同時になんとも芝居がかったポーズを決めながらハイドロは言った。

「ハイドロは残念がっているようには見えないなぁ」

シンも口には出さなかったが激しく同意だった。演劇を見ているような気分になる。

「そういうオキシジェンも、さほどショックを受けているようには見えないね」

「僕の場合、君とセットであることに意味があると定義されていたからね。思慕の念はあんまりないのさ」

幼い少年のオキシジェンと男装の麗人のようなハイドロの組み合わせに何を見出していたのか。

シンは考えないようにした。

「まあ、私たちのことはおいておこう。それよりも、シン様はこの後どうするのかな？　予定がないなら、少し相談があるのだが」

「切羽詰まった予定はないからいいぞ。厄介ごとか？」

行く先々でありすぎだろと口に出そうになるが、次のハイドロの言葉でその予想はいい意味で裏切られた。

「バオムルタンの領域が、すぐ隣にあってね。私の知識では危険はないはずだが、念のためシン様の意見を聞きたいのさ」

ハイドロが口にしたのは、シンにとって懐かしさを感じる名前だった。

†

バオムルタン。

プレイヤー間では『バルたん』の名で親しまれ、おどろおどろしい外見とは裏腹にグッズ化までされた、【THE NEW GATE】内でも人気上位に入るモンスターだ。

環境保全モンスターとも呼ばれ、汚染された土地にやってきてはそれを吸収し、正常な状態へと戻す。

結果、バオムルタンのいた土壌では、一時的に上質の金属や貴重な植物などが採れるようになる。

土地の浄化を待たずにバオムルタンを倒すと、状態異常に強い強力な装備の材料が入手できた。

そのため、バオムルタンの素材が欲しいプレイヤーと浄化後の土地から素材が採りたいプレイヤーとの間で、しばしば対立が起こっていた。

「そのバオムルタンってモンスターは、強くないの？」

「それなりかな。万全の状態なら、カゲロウとも張り合えるくらいは強いぞ」

「どこがそれなりなのよ！　どう考えても危険じゃない！」

「『栄華の落日』前は、そうでもなかったんだよ。それに、対立の中にはもっと別の事情もあったし」

ゲーム時代は、バオムルタンを狩れるプレイヤーは山ほどいたので、ティエラのように手を出すことが危険と考える者などいなかった。

情報は出回っていたので、敵《かな》わないプレイヤーは最初から手を出さない。

ただ、別の意味で手を出さないプレイヤーたちがいた。

ギルドの枠を超えて結成された『バルたんを見守り隊』、および『バルたんと戯《たわむ》れ隊』である。

ふざけているようだが実際にいたのだから仕方がない。

一見してアンデッドドラゴンにも見えるバオムルタンだが、そんな外見とは裏腹に穏やかな性格をしており、プレイヤー側から手を出さなければ近寄っても攻撃されることはない。軽く触ることすらできる。

あるとき、様々なモンスターの生態と題して、戦闘以外ではどのような行動をとっているのか、プレイヤーが近づくとどうなるのかなどを撮影し、動画投稿サイトにアップしていたとあるプレイヤーが、次のターゲットをバオムルタンにした。

動画が投稿された数日後、事態は動く。

バオムルタンを倒して素材を得たいプレイヤーとバオムルタンが土地を浄化した後に得られる素材を欲するプレイヤーとの戦いに『見守り隊』と『戯れ隊』が乱入した。

そう、密かにコミュニティーを作っていたバオムルタンの魅力を知る者たちが、動画の投稿を皮切りについに動いたのだ。

立ち位置としては浄化後の素材が欲しいプレイヤーに近かったので、ここで一気に勢力図が傾くことになる。

「え、どういうこと？　モンスターを見守る？　戯れる？」

シンの説明に、ティエラが困惑する。

この世界の住人にとって、モンスターとは戦うか、逃げるかの2択であることがほとんどだからだ。パートナーにしたり、崇めたりもすることもあるが、それは本当に極一部でしかない。

「ティエラが困惑するのもわかる。だけどな、バオムルタンは愛らしい……違うな。可愛らしい？いやこれも違うか。とにかく問答無用で倒すにはちょっとやりにくいんだよ」

どう説明したものかと頭を悩ませながら、シンは言う。

ゲームの仕様なのか、簡易ＡＩでも使用していたのか。バオムルタン他、一部のモンスターはプレイヤーを識別しているような動きをすることがあった。

バオムルタンで言えば、敵対せずに何度も近づいたり触れ合ったりしたプレイヤーに興味を示すようになるのだ。

プレイヤーが領域に入ると自分から近づいてきたり、隣を一緒に歩いたりする。

プレイヤーがバオムルタンの領域を去ろうとすると、領域ぎりぎりまでついてきて去っていくプレイヤーをじっと見つめてくるなんてこともあった。

まるで、「行っちゃうの？」とでも言いたげな仕草に、心がざわついたプレイヤーは多い。

投稿された動画にもそれらの光景は収められており、興味を持ったプレイヤーが近づくことが増えた。そして、バオムルタンブームとでも言うべき騒動に火がつく。

『バオムルタンに萌えを感じた俺はもうだめかもしれない』

『実際に触れ合ったらバオムルタンの略称、バルたんに違和感を感じなくなった件について』

『モンスターへの萌えについて語るスレ』

『バルたんが脳内で美少女に擬人化される俺はもうだめでいいや』

等々、数多くのスレッドが立てられ、運営を困惑させるほどの人気が出た。

出現場所はランダムで、一定期間でいなくなってしまうこと、神獣クラスのモンスターなのでテイムは不可能であることも、人気が出るのに一役買っていたのかもしれない。

常に同じ場所におらず、一定期間で別れが来る。半ば強制的な出会いと別れを繰り返すのだ。

「まあ、それでもモンスターだからな。倒して素材を得たいやつらは一定数いたわけで、バルたんを倒そうとするやつらと守ろうとするやつらでバトルが勃発するのはよくあった。共倒れになることもあったけど」

「え、なんで共倒れ？」

「バルたんは戦闘状態になるとプレイヤーを全員敵と認識するんだよ。だから、見守り隊も戯れ隊も攻撃されるんだ。事前に仲良くなってても関係ない。で、討伐目的のプレイヤーはそのままバオムルタンと戦おうとして、見守り隊や戯れ隊がそれを妨害。そしてやりあうプレイヤーたちをまとめてバオムルタンが襲う。討伐目的のプレイヤー以外はやられてもいいやって考えだから、しがみついて道連れにしようとするやつもいたな」

ゲームなので実際に死なないからこそだとは思うが、あれはいろいろな意味ですごかったとシンは語る。

バオムルタンに好感度があるのかは不明だ。

戦闘になるとすべてがリセットされるか、攻撃した相手と同じ存在――モンスターなら同種のもの、プレイヤーならすべてのプレイヤーか攻撃したプレイヤーと同じ種族――をすべて敵として認識するのだろうと、プレイヤーたちは分析していた。

「バオムルタンからすればどっちも同じ人ってことなのかしら。同じ人種が攻撃してきたから、こいつらも攻撃してくるかも⁉　みたいな感じで」

「どうなんだろうな。言葉を交わせればわかるのかもしれないけど、それができるのはかなり特殊な事例だし」

シンは今まで出会ってきたモンスターを思い浮かべながらティエラの言葉に応えた。

エレメントテイルやカグツチはその筆頭だ。カゲロウはシンたちの言葉を理解しているが、話すことはできない。

テイムされたモンスターも同じようなものだ。行動や表情からしたいことやしてほしいことを察するくらいである。

「……って、そうだよ。ユズハに通訳してもらえばいいじゃん」

カゲロウのときも、実際やってもらったことがある。バオムルタンにも可能ならば、意思疎通ができるかもしれないとシンの期待が高まった。

「くぅ、無理だと思う」

しかし、無常にもユズハから難しいと答えが返ってくる。

「カゲロウのときとは違うのか？」

「カゲロウはユズハの仲間に近い。だからわかる。カグツチは神獣で、向こうも言葉を理解してた。でも、バルたんはユズハたちとはいろんなものが違う」

この世界における役目や生態、種族もそうだが、そもそもがモンスターに共通の言語などないとユズハは言う。

「同じか、近い系統の種族ならわかる。でもユズハとバルたんはぜんぜん違う」

この世界では、大抵の人は共通語を話す。

種族ごとの文字もあるが、そちらは種族内でも極一部でしか使われていないので、知らなくても困ることはない。

なので人という括《くく》りの中ならば、意思疎通ができないと考えることはなかった。

シンたちにとっては、ユズハもバオムルタンも分類上はモンスターという認識なので、無意識に言葉はわかるものと思っていたのだ。

「なるほど、確かに、人だって全員同じ言葉を使っているわけじゃないからな。そんなにうまくはいかないか」

リアルでは、国が違えば言葉も違うことは珍しくない。同じ人であってもまったく意思疎通できないなんてことはよくあった。

そう考えれば、ユズハの返答にも納得だ。

一応、ダメでもともとということで試すだけ試すことを決め、話を進め——ようとして、ハイドロとオキシジェンから待ったがかかった。

「どうした2人とも」

「シン君たちは当たり前のように会話しているけど、そこの彼？　彼女？　はいったい何なんだい？　いや、名前は見えているんだけどね。ちょっと私たちの想像を超えていたというか」

「見間違いじゃなければ、エレメントテイルって出るんですけど、本物です？」

「くぅ？」

じっと見つめられたユズハが首をかしげながら鳴く。シンたちには当たり前になっているが、これが普通の反応だ。

シンの呼び方については、様以外でと注文したところ、ハイドロは君付け、オキシジェンはさん付けになった。

「本物だよ。ちょっと縁があってな。パートナーモンスターってやつだ」

「かの神獣はテイム不可能と聞いていたけれど、ついにそれすら超えたのか。どんな縁か聞いてみたいね。あ、サンプルに毛を何本かもらっていいかな？　ちょっと耐久試験をさせてほしい」

「僕も興味がありますねぇ。涙とかもらえません？　試したい調合がありまして」

「おまえらなぁ……」

後半部分が本音だろうと、シンは呆れた。会話を聞いていたユズハは、すっとシンの後ろに隠れている。

「はっはっは、冗談に決まっているじゃないか。さすがにシン君のパートナーで実験する気はないよ」

「そぉうですよぉ」

「あなたたちが言うと冗談に聞こえないのよね」

「うんうん」

話を聞いていたフィルマが呆れながら言い、セティがとなりでうなずく。同じハイロードとハイピクシー同士だからか、台詞や動きが少し似ていた。

「ふむ、少し悪ふざけが過ぎたようだね。では、少し真面目に行こう」

「少しなのか？」

「はっはっは！」

こんなキャラだったっけとシンは思ったが、サポートキャラクターの性格の詳細までは知らないので、こういうやつだと考えることにした。

「さて、バルたんについて話を戻そう」

シンが方向修正すると、ティエラがおずおずと手を上げた。

「ええと、そのバルたん？　は土地を浄化するために来るのよね？　それなら私も力になれるんじゃないかと思うんだけど」

シンのバオムルタンの呼び方が自然にバルたんになっていたからか、ティエラもそれにあわせて問うてくる。

バオムルタンの性質について聞いたティエラは、自身の能力でその手伝いができるのではないかと考えたようだ。

しかし、シンはその問いに首を横に振る。

「いや、バルたんの浄化っていうのは、瘴気が関係してないんだ。皆が汚染物質って言ってたからいつのまにかそれが定着してたけど、実際は全部が全部悪いものじゃないんだよ。例えば……特定の物質が集まりすぎたのを拡散させるためって言って伝わるか？　特定のものが過剰に集まると、環境や生態に害が出ることがあるんだ」

「ええと、植物で言うところの栄養がありすぎると逆に枯れちゃうとか、そういう感じ？」

イメージは伝わったようで、ティエラは自分なりの解釈を話す。

この、物質の偏《かたよ》りをならすというのが、バオムルタンが環境保全モンスターと呼ばれる由縁《ゆえん》だ。

ゲームの仕様だったのだろうが、特定の物質が異様な濃度で存在する場所というのがランダムで出現した。それが、バオムルタンが来ると正常になるのである。

バオムルタンが浄化を終えた場所が豊かな土壌になるのは、物質が偏りなく、かつある程度豊富に拡散するからだろうと言われていた。

それだけでは説明がつかないような状態もあるが、この世界には現実で存在しない物質が数多く存在するので、そういうものと納得するしかない。

怨念《おんねん》渦巻く樹海や、呪われた土地なんてものも正常にするのだから、ただの吸収能力でないことだけは確かだ。

「捉え方はそんな感じでいいと思う。もちろん、誰がどう見ても悪影響しかないものも吸収するけどな。俺も全部、自分の目で確認したわけじゃないから、そういうものもあるっていう程度の認識でいい」

「わかったわ。でも、その話のとおりだとローメヌンもシンの言う偏りがあるってこと？　でも、植物に害があるような状態なら少しはわかるはずだけど」

バオムルタンの性質を聞いたティエラは、ローメヌンに近づくときに見た植物たちを見てそう考えたようだ。

エルフは感覚的に大地や植物の状態を知覚する。今回は、シンの言うような状態だろうかと首をかしげていた。

「ああ、それは違うよ。バオムルタンは、ローメヌンの土地を浄化しに来たんじゃないんだ」

「そうでしょうね。ローメヌンの植物はあの状態が普通ですから」

ティエラの疑問にオキシジェンが答え、シュニーが補足を入れた。

その補足を聞いて、「あれが、普通……？」とティエラが困惑気味につぶやいたのは、仕方のないことだろう。

バオムルタンがやってくるのは、土地そのものが腐っているかのように錯覚しかねない異常地帯が多い。

ローメヌン周辺はあくまで、ギルドハウスの効果で状態異常を撒き散らす植物が増えているだけで、土地そのものは正常だったりする。

「……ドゥーギンか？」

シンはバオムルタンと対をなすモンスターの名前を口にした。

こちらも大地の汚染を除去するモンスターなのだが、バオムルタンのように汚染を浄化するのではなく、汚染物質を自らの体内に吸収することで大地を正常に戻す。

ただ、バオムルタンと違うのは自分で浄化することはできない点だ。

「正解だよ。確か、５００年前くらいだったかな。大地が大きく揺れて、ローメヌンの位置が以前と違う場所に移ってしまった後くらいだったからよく覚えてる。ローメヌンの領域のすぐ隣に、ドゥーギンが落ちてきたのさ。それも、今まで見たことがないくらい巨大なやつがね」

ハイドロの口調から、『栄華の落日』のことは知らないことがわかる。地面の揺れとローメヌンの移動は、『栄華の落日』後に起こった地殻変動が原因だろう。

ドゥーギンは地殻変動の影響で出来た湖の中に落ち、浮かんでくることも動くこともなかったという。

この落下がとどめになったか、もしくはすでに死んでいたのだろうとハイドロは語る。

「それから後はひどいものさ。溜め込んだものが溶け出しでもしたのか、湖はヘドロみたいな色に変わって臭いもひどかった。おまけに周りの地面が変色していくんだ。ローメヌンの影響下にあるところは大丈夫だったけど、それ以外は大体5ケメルくらいかな。黒というか濃い紫というか、とにかくひどい色だったよ」

大地が死んでいる。そんな言葉が浮かぶほどだったそうだ。

許容量を超えて汚染物質を吸収したドゥーギンは、今度は自身が毒を放つようになる。

個体によっては地面に降り立っただけで大地が変色し、空気が腐るとまで言われた。

ここまでくるとドゥーギンが汚染物質を集め、バオムルタンがそれを浄化するという本来の関係も成り立たなくなる。

バオムルタンも浄化しきれないのだ。

「確か1年後くらいだったかな？　最初のバオムルタンがやってきたのは」

「そうだね。そのくらいの間は空いたと思う。ドゥーギンも大きかったからかな。やってきたバオムルタンも大きかったよ。今じゃ見慣れたから、大きいとは感じなくなったけどね」

ハイドロの問いにオキシジェンが少し考えてから答えた。

「最初のってことは、何匹か来たのか？」

話の流れから、一体では浄化しきれなかったんだろうと思いシンが問うと、ハイドロとオキシジェンはそろって首を横に振った。

「いや、やってきたバオムルタンは一匹だけだ。許容値を超えていたんだろうね。長くはなかったよ」

汚染物質を浄化しきれず、消耗が激しく1年ほどで死んでしまったという。

「ただ、ここからが私たちの知るものとは違っていてね。いや私たちも驚いた。死んだバオムルタンを埋葬しようとしたら、亡骸《なきがら》が消えて別のバオムルタンが出現したんだからね」

実際は、亡骸がゆっくりと透明になって消えていき、完全に消えると何もない空間に突然バオムルタンが出現したらしい。

「私はそれを見て、バオムルタンは、フェニックスのような死と再生を繰り返す特性を持っているのではないかと考えるようになったよ」

「僕はバオムルタンはモンスターなのではなく、大地が自身を守るために生み出す浄化装置のようなものなんじゃないかって考えてます」

根が研究者なので、バオムルタンの知り得なかった性質にいろいろと考察を行っているようだ。

あらためて考えてみると、モンスターはどのように増えているのだろうか。

モンスターの中には雌と雄が存在するものもいたが、全体で見ればかなり希少だ。

カシミアのモンスター牧場でも、メインはテイムしてきたモンスターの放牧だった。

モンスターの子供が生まれたという話は何度か聞いたので、カシミアならそういうことにも詳しいのかもしれない。

「まあ、バオムルタンの生態についての考察は置いといてだ。今はどうなんだ？」

「浄化もだいぶ進んだ、と言いたいところだけど、まだまだ時間はかかるだろうね。いったいどれだけ溜め込んでいたのか。最初の状態を知っているからだいぶましになったとわかるけど、シン君たちにはそうは見えないんじゃないかな。私たちでも、領域内で活動するのは30分が限度だよ」

ローメヌンを挟んで、シンたちが来た方向とは反対の場所に、バオムルタンの領域があるという。いろいろと実験を行う手前、状態異常にはかなり強いハイドロたちでも活動制限がかかると聞いて、シンはその尋常ではない汚染状態を察した。

「俺が見てきた方がいいか？」

「そうしてもらえると助かるよ。先に私たちが調べたことを話そう。まあ、ちょっと信じられないかもしれないけどね」

そう前置きして、ハイドロは語り始めた。

汚染された領域内では、最初はそれこそ苔《こけ》すら生えなかったらしい。

現在では湖のほうはかなり見た目が変わっており、ヘドロの溜まったようなものから一面の青い湖のように変化したという。

ただし見た目が綺麗でも、その正体は硫酸のような、触れただけでものを溶かす溶解液だ。加えて、湖からは常に毒の蒸気が湧き出ている。

そして大地のほうだが、こちらも変色はなくなり普通の地面に見えるようだ。地面からも湖から出るものとは別の毒ガスが出ている。

湖から出る毒の蒸気と地面から出る毒ガスは反応しており、靄《もや》のような状態で地表1、2セメル程度を覆っている。地面を直接視認するには靄を払う必要があった。

そして一点、ハイドロたちの知識にはない現象が起きていた。

「花がね、咲いているんだ。色とりどりの花が地面を覆いつくすように、いや、見た目で言うならば靄を覆うようにかな」

咲く季節や分布している地域など、本来の植生を完全に無視する形で様々な花が咲き誇っているという。

「本物の花なのか？」

「僕たちも気になって調べたんですが、毒や本来ないような成分は検出されませんでした。生えている状況、咲いている状態は異常ですが、調べた限り植物自体は正常というほかないです」

「蒸気も毒ガスも、それが反応しあった靄も植物には有害だ。毒が含まれていない場所は、あの領域内にはないと言っていい。普通に考えれば、植物が生育すること自体あり得ない。毒を吸収する性質を持ったブルヒネやハルベラを植えてみたが、半日も持たずに枯れてしまったよ」

解毒剤やＨＰを徐々に回復させる効果のある『回復薬《ポーション》』の材料にもなる植物の名を告げるハイドロ。シンも馴染みのある植物だったのでその効果はよく知っていた。

少なくとも、生半可な毒ではびくともしない強力な解毒作用を持った植物だ。それが半日も持たないとなると、領域内は死の世界になっていなければおかしい。

「バルたんは、何か特別な行動をしているか？」

そんな異常事態ならば、バオムルタンにも何か異常が出ているのではないか。そう考えたシンはハイドロたちに問う。

「今のところ、私の知識と大きく差異のある行動はしてない。領域内を多少移動する以外は、ほとんど動かずに湖を眺めているよ」

「もともと、そこにいるだけで浄化は行われますからね。僕たちが観察した限りですが、本当に大人しいものですよ」

バオムルタンは食事をしない。触れることができるくらい大人しいので、今のところこれといった問題は起こっていないようだ。

性格はシンの知るものと同じようで、何度か接触をはかるうちに、ハイドロとオキシジェンを個として認識するようになっているという。

「そうか……」

ハイドロたちの話を聞いていて、シンにはひとつ気になったことがあった。

バオムルタンは浄化を終えると地面に伏し、静かに消えていく。そして、大地から有用な金属が採れたり、大地そのものが豊かになる。

だが、その様子は死ぬというより、役目を終えたからどこかへ転移するといったほうが、納得できる消え方なのだ。

消える寸前にプレイヤーを見たりもするし、そもそも浄化しきれずに死ぬというパターンなど、ほとんど報告されていない。

「……何度も死んでるって話だよな？　バルたんの亡骸は全部消えたのか？」

もし亡骸が残るようなことがあれば、ハイドロたちがすでに調べているだろうとも思ったが、確認のために聞いた。

「そのあたりは知識どおりですね。実際に倒れるところを見ましたけど、こう、段々と透明になって消えていきました」

「……そういえば、花が咲き始めたのは、最初のバルたんが死んだ後くらいからじゃなかったか？」

「そう、だったかな？」

最初のバオムルタンが現れたのはドゥーギンが落ちてきてからおよそ1年後と言っていた。もう500年以上前のことだ。

ハイドロに聞かれたオキシジェンも、さすがに断言できるほどはっきりと覚えていないらしい。

「ちょっと待ってください。そのあたりの調査記録は……あったあった。ええと、バルたんが死亡してから351日後に最初の芽が出て、日を追うごとに増えていますね。途中から数が増えすぎて正確な数を測定しきれなくなってます」

活動時間に限界があるので、すべてを数えて記録をつけることはできなかったようだ。

「さすがは研究職。その辺の記録はきっちりしてるな」

自分ではこうはいかないだろうとシンは感心した。

「観察と記録は研究の基礎さ。さて、領域内のことについてわかっていることはこれですべてだ。あとは、私たちが気になっていることがひとつある」

「気になっていること？」

「湖の中に沈んでいるドゥーギンの亡骸だよ。バオムルタンと対をなす存在というのは有名な話だから、バオムルタンと同じようにいつか復活するんじゃないかと思ってね。といっても、この500年は静かなものだけれど」

懸念ではあるが、まだもしもにすぎない。ドゥーギンはバオムルタンと違って攻撃的なので、生態も知られていないことが多かった。

「なんだかんだで長い付き合いだ。反応からして復活するごとに記憶はリセットされているようだけど、それでもずっと見守ってきたからか思うところがある。そろそろバオムルタンが限界だろうから、少し神経質になっているのかもね」

現在のバオムルタンは、新しく出現してからすでに10年ほど経過しており、今までの傾向から考えるとそろそろ死が近いとハイドロは言う。

近づけなかったとベレットは言っていたが、ハイドロたちがその気になればローメヌンから出ることは可能だ。

それをしなかったのは、バオムルタンという存在がいたから。モンスターだとわかっていても、愛着が湧いているのだろう。

「なら、食事を済ませてから様子を見に行こう。何かわかるかはなんともいえないけど、自分の目でも確認しておきたい。もし復活したとしても、俺たちなら追い払える」

ハイドロたちのことは信用しているが、自分で見るとまた違った印象を抱くことはままある。

また、【透視《スルー・サイト》】や【遠視】、【千里眼】といったスキルを使えば、ドゥーギンの亡骸についても何かわかるかもしれない。

「助かるよ。調査の腕に関してはそれなりのものだと自負しているけれど、ご存知のとおり私たちは戦闘力が低いからね！」

「こればっかりはねぇ」

「胸を張るところじゃないと思うぞ」

研究分野ではそこらのプレイヤーなど足元にも及ばないレベルだった2人。しかし、研究職ゆえに戦闘力は低い、というよりも戦闘経験が少ない。

生産系のスキルを上げる過程でも経験値は得られるので、レベルは上がる。スキルの獲得に足りないステータスを補うために、シンたちも協力してレベリングを行ったこともあった。それも、ほとんど見ているだけの、俗に言うパワーレベリングを。

そんなわけで、シンやシュニーたちのように、生きるか死ぬかのぎりぎりの戦いをした経験はほとんどない。

多少レベルやステータスで劣っていても、ある程度戦闘経験がある者なら2人に勝つのはそれほど難しくないだろう。

おそらく、条件次第ならティエラでも勝てる。

「それに、自作の道具ありなら格上にだって勝つだろ」

「そこはまあ、僕たちそういう職業ですから」

照れたように言うオキシジェンに、シンは呆れとともにため息をつく。

2人は確かに戦闘経験は少ないし、ステータスも一部が上級選定者と同じか少し低いくらい。さほど育てていないステータスに関しては300にも届いていない。

だが、開発している道具類を使えばそのステータスの低さをカバーできる。直接殴りあうだけが戦闘ではないとばかりに、状態異常系のアイテムを使いまくるのだ。

すべての状態異常を防ぐようなアイテムはとてつもなく貴重であり、素材の質や製作者のスキルレベルによっては無効とついていながら、突破されてしまうこともある。

ハイドロとオキシジェンの主は、『六天』の中でもアイテム作りに特化したヘカテーだ。使うアイテムも素材のレア度が違う。

その程度の抵抗など無意味とあらゆる状態異常を受けさせられ、相手は何もできずに死ぬという悪夢の体験をすることになる。

その戦いぶりは、高い抵抗力を持ち、状態異常がほとんど効かないはずのシンですら近づきたくないと思わせるものだ。

「この500年で、相当溜め込んでいそうね」

「うむ、我らの知らぬ危険な代物《しろもの》も作っておるだろうな」

「マッドよ、マッド。あの2人みたいなのをマッドって言うのよ」

こいつらならやりかねない。そう言いきるフィルマとシュバイドに、セティがどこで聞いたのかマッドと連呼していた。

何ひとつ間違っていないいんだよなと、シンは聞こえてきた会話に心の中で同意する。

「話は食事の後にしましょう。厨房を借りますよ」

「おお、シュニーの手料理が味わえるとは嬉しいね。案内は必要かな？」

「場所はわかります。食材はどの程度ありますか？　足りなそうならこちらで用意しますが」

「さっき採ってきたけど、この人数だともう少し必要だね。採ってくるよ」

「なら、私も手伝いましょう。何があるかも知りたいですから」

「了解だ。では、こちらに」

相手がシュニーだからか、なんとも気取った仕草でハイドロは歩き始めた。

シュニーも少し呆れ気味だ。可愛いもの、綺麗なものに目がないという設定は健在らしい。

「いやぁ、なんだかすみませんね。シュニーは美人だからハイドロもテンションが上がってるみたいで」

「ああいうやつだっていうのはわかってるからいいさ」

オキシジェンが申し訳なさそうに謝ってきたので、シンは気にするなと返した。こちらはハイドロほど極端な性格ではない。かと言って常識人でもないが。

「うーん、これは言葉を失ってしまうね」

「語彙《ごい》が乏しいのが悔やまれるねぇ」

食事の準備が終わり、料理に口をつけたハイドロとオキシジェンは、そろって顔を綻《ほころ》ばせていた。

料理はサラダにスープ、パスタ（カルボナーラ）という、シンプルなメニューだ。

ローメヌン内で栽培している食材は土や肥料、環境も相まって品質はかなり高い。それをシュニーが持てる技術を駆使して調理すれば、まずいものなどできるはずがなかった。

もちろん、シンたちも大満足である。

「料理か。栄養が摂れればいいと思っていたが、これほどのものを口にしてしまうと考えを変えざるを得ないな」

「僕たちじゃ再現できないんだけどねぇ」

「時間はあるのですから、料理スキルを磨けばいいのでは？」

『その時間を研究に費やさずしてどうするのか！』

シュニーの提案に、わずかな乱れもなく2人が応えた。

料理スキルをはじめ、何か別のことに労力を割いている暇があったら研究を進める。それが2人の行動理念だ。

バオムルタンを気にしているのも、研究対象であるという一面が少なからずある。

研究者とは、興味のあること以外には無頓着なことが多い。そういう風に、2人は設定されている。そのあたりは、今も変化していないようだ。

「さっきの台詞と矛盾してるわよ」

「考えを変えるとは言ったが、スキルを鍛えるとは言っていないのだよ」

「詭弁だー」

フィルマとセティの突っ込みもどこ吹く風。ある意味すがすがしいくらいの開き直りである。

「さて、いろいろと堪能させてもらったところで調査と行こう。久しぶりに会ったシン君の観察もしたいしね」

「さりげなく聞き捨てならない台詞を言うな」

ハイヒューマンですら観察対象。どこまでもぶれない2人である。

領域内の毒対策は、ローメヌン突入時のものと同じだ。

シンはハイドロたちの使っている装備がどのくらいの毒を無効にできるのか確認しておく。もしシンたちの装備以上なら、入るのは危険だ。

「さすがというか、私たちが使っているものより高性能だね。製作したのが私たちとシン君ではこうも差が出るのか」

「素材のレア度も違うね。やっぱり元の素材の質を技術でどうにかするのは限界があるのかな」

シンの装備を見て、ハイドロとオキシジェンはそれぞれの見解を述べていく。

ヘカテーの作った装備を使っていると思っていたシンだが、2人が使っているのはそれぞれが自作したものらしかった。

「ヘカテー様にいただいたものを使えば、確かに活動時間も増えるだろう。しかし、私たちにも研究者としての矜持《きょうじ》がある。いつまでも与えられたものに頼り続けるわけにはいかないのさ」

いつかヘカテーと同じレベルの品を、さらにはそれを超える品を作るため、研究を重ねているのだと2人は声をそろえて言った。

「とはいえ、さすがに今回は使いますけどね。足手まといになるわけにはいきませんし」

「そっちも確認させてもらっていいか？」

「ええ、構いませんよ。でも確か、これを作ったのはシンさんだったと思いますけど」

そう言ってオキシジェンが差し出してきたのは、シンにとって馴染みのあるアクセサリ、『神代のイヤリング』だった。

ヘカテーの要望で、物質を媒介にした状態異常の無効および軽減に特化させてあり、最上級クラスのモンスターが放つ、状態異常無効を突破してくるような特殊な攻撃でも、効果を軽減させられるようになっている。

素材のレア度も製作時に手に入った最高のものを使っているため、ハイヒューマンの抵抗力とあわせれば魔術によらない状態異常はほぼ無効化できると言っていい。

「これを目標にしてるのか？」

「そうさ。素材は貴重すぎて手に入らないから、それ以外の手段で近づけないか模索しているんだ」

「まだまだ道のりは遠いですけどねぇ」

「それでも、成果は出てると思うぞ。少なくとも、当時の俺じゃ、この素材でここまでの効果は付与できなかった」

２人が製作した、試作ナンバー６５２２と名づけられた、顔全体を覆うガスマスクのようなアイテムを見ながら、シンは言う。

いくら製作者のスキルレベルが高く、製作場所の設備が良くとも、素材の質が足りないと付与できる効果には限界があった。

試作ナンバー６５２２に使われている素材から、おおまかにだがどの程度の効果が付与できるか考えたシンは、目の前にあるほどのものは作れないと判断する。

それは、ハイドロとオキシジェンの努力の成果だ。

「そう言ってもらえると、報われるね」

「だねぇ」

目標としているアイテムを作った本人からの賛辞に、２人は誇らしげに笑った。

†

「これは……すごいな」

アイテムの確認を終え、バオムルタンの領域へとやってきたシンたち。ハイドロたちからどのような様子なのか聞いていたが、それでも驚かずにはいられなかった。

「大地は痩せてて空気も淀んでいるのに、咲いている花はどれも生命力に満ち溢れてる。こんなの、世界樹の近くでもなければ見られないわ」

「ティエラの言うとおりです。ハイドロたちの調査で異常が出なかったというのも、現物を見れば納得せざるを得ません。この場を見ていなければ、最高の土と水、生育に適した環境、すべてがそろった場所で育てられたと言われても疑わないでしょう」

シンも見事なものだと思ったが、エルフであるティエラとシュニーでさえ思わず絶賛してしまうほどの咲き誇りようだったらしい。

花はローメヌンの敷地と領域の境界で途切れており、毒々しい花々と美しい花々が対比のように向かい合っていた。

「いつからこの状態なんだ？」

「ええと、境界まで到達したのは、最初に花が咲いてから30日後ですね。花が咲いているのは、バルたんの亡骸から1ケメルほどの距離です」

ドゥーギンの亡骸が沈んでいる湖は、直径400メルの円状。ローメヌンとの境界までが1ケメルほど。

ローメヌンと反対側のおよそ4ケメルは、花が咲くことはなく不毛の大地となっているらしい。

「見たところ、咲いている花の中心はバルたんの亡骸のあった場所だ。もしかすると、浄化の力が関係しているのかもしれない」

湖と境界のせいでわかりにくいが、花はバオムルタンの亡骸から一定の距離間にだけ咲いているようだ。話を聞く限り、そう考えるのが妥当だろうとシンもうなずく。

シンたちはなるべく花を踏まないように気をつけながら進んだ。

視界を遮《さえぎ》るものがないので、件の湖は早くから見えていた。

見た目だけならば、綺麗な青い湖だ。近づいただけで死ぬとはとても思えない。

「いるな」

湖の畔《ほとり》に、黒に近いこげ茶色の巨体があった。

強靭な四肢と鋭い刃を持った長い尾、そして一対の翼。西洋のドラゴンといえばこれといった形状だ。

ただし、皮膚は焼けただれたように歪み、目はくもりガラスをはめ込んだように濁っている。

翼もぼろぼろで、とてもじゃないが空は跳べないだろう。尻尾の刃も錆《さび》が浮かんでいるように変色し、ところどころ欠けている。

「あれが、大地を浄化するモンスター？」

バオムルタンのことをあらかじめ聞いていたティエラだったが、実際に見るとショックが大きかったようだ。

大地の穢れを浄化する。そんな大役を持つモンスターにもかかわらず、その見た目からは神聖な雰囲気は感じられない。

能力と見た目のギャップに困惑するのも、無理はないだろう。

「出現したばかりのときは、綺麗なものなのだけどね。しばらくするとああなってしまうんだ」

浄化を始めていない状態のバオムルタンは、白い鱗《うろこ》の綺麗なドラゴンだ。この状態では性格も違うのか、人を見るとすぐに飛び去ってしまう。

素材も貴重なものが出ることはないので、わざわざ手を出すプレイヤーはほとんどいなかった。

「どうやらこちらに気づいたようだ」

シンたちが近づいていくと、不意にバオムルタンが地面に座ったまま長い首を後ろに向けた。顔がまっすぐにシンたちへ向けられている。

――――【バオムルタン　レベル749】

――――【弱体】

【分析《アナライズ》】が発動してバオムルタンの状態を伝えてくる。

弱体は寿命が近い証だ。ハイドロがそろそろだと言っていたのは、これを見たからだろう。

ハイドロとオキシジェンが手を振ると、応えるように鳴き声が返ってきた。音程の高い笛の音にエコーをかけたような、不思議な響きの声だ。

「ふむ、シン君たちに興味でも持ったかな?」

地面に座っていたバオムルタンは、ゆっくりと身を起こしてシンたちのほうへと歩いてくる。

立ち上がった状態では高さおよそ5メル。全長は7メルほどだろう。シンの知るものより一回りは大きい。

ほとんど足音を立てずに近づいてきたバオムルタンは、まずはじめにハイドロとオキシジェンへと顔を近づける。

2人は声をかけながら、近づいてきた顔を優しく撫でた。

毒の関係で素手で触れないからか、バオムルタンも表情がまったく動かない。

それでも、小さく小刻みに聞こえる鳴き声と2人に顔を近づける仕草から、バオムルタンが喜んでいるのがわかった。

ゆらゆら揺れていた尻尾も、心なしか、動きが速くなっているように見える。

しばらくして、2人から顔を離したバオムルタンは、今度はシンのほうへと顔を近づけてきた。

「これは……どういうことだ?」

「ふむ、初めて見る反応だ」

「シンさんだけっていうのも気になるね」

シンの他にも、初めて見る顔は多い。だというのに、バオムルタンはシンをじっと見つめている。

実際は、濁った瞳から視線の向きは読めないが、シンは見られていると感じていた。

「ユズハ、頼めるか？」

「くぅ！」

じっと見詰め合っていても埒が明かないので、シンはユズハにバオムルタンと意思疎通ができないか試してもらうことにした。

バオムルタンに向かって、ユズハがくぅくぅと鳴く。聞こえているのか、いないのか。バオムルタンの反応はない。

「だめか……ん？」

しばらく見て、反応のなさにシンが落胆しかけた矢先、バオムルタンに変化が起こった。全身が白い光に包まれ、数秒でそれが顔の前に集まっていく。

そして、光が消えた後には、ダイヤモンドを思わせる煌く石が現れた。宙に浮かんでいた拳大のそれは、ふよふよと揺れながらシンの前に移動する。

「おっと！」

目の前に浮かんでいた宝石が突然、力を失ったように落下したので、反射的に手を出して受け止めた。手に持つそれを、シンはあらためてじっと見てみる。

「宝玉、だな」

モンスターの中には、宝玉と呼ばれるアイテムをドロップするものもいる。

宝玉のデザインは多少モンスターごとの特徴が出るが、それでも大部分が球状にカッティングさ

れているのは同じだ。

そういった特徴を持っているのだから、宝玉だろうとシンは判断する。その判断を後押しするように、各解析系スキルも、シンの手にあるアイテムが宝玉だと表示した。

【THE NEW GATE】には、宝石と名のつくアイテムもある。

しかし、それらは加工されていない原石の状態でドロップしたものを、プレイヤーが加工して初めて輝きを放つので、今回のものとは違う。

「これは、受け取れってことでいいのか？」

他に解釈のしようがなかったが、念のため確認する。しかしやはりというべきか、反応はない。

「で、今度はティエラか」

シンの次にバオムルタンが顔を向けたのはティエラだ。ぬっと近づいてきたバオムルタンの顔に、表情をこわばらせながら固まっている。

「こっちはこっちでよくわからない反応だな」

「シンさんのときと違って、観察してるって感じ。何か特別な力を持ってたりします？」

「あー……そうだな。持ってる。親近感でも感じてるのかね」

穢れを浄化する世界樹の巫女であるティエラに、性質が違うとはいえ似た能力を持つバオムルタンが関心を寄せているのかもしれない。

ティエラを正面から見て、右から見て、左から見てとまるで珍しいものを見つけて興味津々の子供のような反応だ。

「こ、これ、大丈夫なの？」

「ああ、敵意はないから心配ない。意味もなく攻撃するようなやつでもないしな。ほら、カゲロウも心配してないだろ？」

バオムルタンの顔に視線だけ向けて盛大にビビッているティエラ。

カゲロウのほうは顔を動かすバオムルタンに興味があるのか、小狼モードのまま陰から出てきて真似するように首を動かしている。

「うう、初対面だと威圧感が……」

バオムルタンの口はティエラの頭くらいぱくりとできそうな大きさだ。初めて会うティエラからすれば、気が気ではないのだろう。

しばらくティエラを観察して満足したのか、バオムルタンは湖の畔に戻ると地面に身を任せた。首をまっすぐ伸ばし、リラックスしているように見える。

「バオムルタンは、変わりない感じだな」

「そう思うかい？」

「カシミアにつき合わされて、散々見たからな。ああやって休んでるのも見たことがあるよ」

モンスター好きのカシミアは、当然のごとくバオムルタンと接触をはかっていた。

最初こそ無理やりだったが、途中からはかなり楽しんでいた自覚がシンにはある。

そんなわけで、シンはバオムルタンの行動パターンをほぼ知り尽くしていた。

「俺がもらったこれと、ティエラへの反応は初めて見たけどな。でも、バルたんは爪とかアイテムをくれることもあったし、ティエラのほうも珍しいものを見つけたって反応だ。少なくとも、異常ではないな」

気になるのは、バオムルタンのドロップアイテムに宝玉と名のつくものがないことだろう。

「ローメヌンに戻ったら、これを解析する必要があるな」

水晶のほうも解析が進んでいないのに、また新しい謎のアイテムが増えてシンは少しげんなりしてしまう。

「解析するなら、私たちにも手伝わせてくれないか？」

「本領発揮しますよぉ」

そんなシンとは正反対の反応をしているのがハイドロとオキシジェンだ。この手のアイテムの調査は、２人の大好物なのである。

「頼むよ。正直に言って、俺だけじゃ完全に解析するのは難しいと思ってたんだ」

刀剣や鉱石の類ならばシンの得意分野だが、それ以外となるとそうもいかない。そういったものが得意な2人の申し出は、シンにとっても好都合だった。

「花も少し採って大丈夫か？　一応、俺も調べてみたい」

「そうだね。シン君の意見も聞きたいところだ」

「何か進展があるといいねぇ」

得意分野ではないが、何がきっかけで未知の発見があるかわからない。シンはシンで、花について調査してみようと考えていた。

「あとは、ドゥーギンだな」

湖の中に沈んでいるという亡骸。ある意味一番重要なものだ。

シンはバオムルタンが身を休めている隣に立ち、湖を見る。

青い湖は景色としてはなかなかのもの。

しかし、水の中は一切見えない。鮮やかではあるが、同時に異質でもある。

湖の水も採取してから、シンは視線を湖の底に向けた。複数のスキルが発動し、シンの目に湖の内部が見えてくる。

「思ってたより深い」

シンの視界は湖の底へ底へと進んでいく。

100メル、200メル、300メル。スキルが深度を教えてくれる。

そして、もうすぐ400になるというところで、今までと違うものがシンの視界をよぎった。

「なるほど、これはでかい」

最初に思ったのは、黒い岩塊《がんかい》。

しかし、全貌がはっきりしてくるにつれて、岩塊にしてはやけに鋭い突起のような形や逆に滑らかな曲線などが目に付き始める。それは、ドゥーギンの外殻や関節部分などだった。

横たわった状態、それも尾が丸まった状態ですら全長50メルはある。ゲーム時にはあり得なかった、超、超大型の個体だ。

「見た感じ、特徴は変わってないな」

大きさは従来のものとは桁違いだが、それ以外はほぼ同じだった。コウモリをより凶悪にしたような顔に、たくましい四本腕。

腕には皮膜がついており、これで空を飛ぶ。足は太く、これだけでも体重を支えることは可能だ。丸まっている尾には付け根から先端にむけて魚の鰭《ひれ》のようなものがついている。皮膜で風を受け、尾の鰭を方向転換の補助に使っていると言われていた。

「他に、何か気になるところはあるかい？」

「……色だな」

水が濁っているため、光は底まで届かない。しかし、スキルによってドゥーギンの体色も確認できた。

「色ですか？　確か、落ちてくるときは真っ黒……いや、あれは……」

「様々な色を混ぜた黒。言葉にするなら、そんなところだろうね。それに、皮膚の色と同じ靄というかオーラというか、そんな感じのものが体を覆っていたはずだ」

オキシジェンの言葉を補足しつつ、ドゥーギンが落ちてくるときに靄ともオーラともいえる曖昧なそれが尾を引いていたとハイドロは語った。

「その靄は見えない。ただ、皮膚の色はどす黒いな。ドゥーギンは取り込んだ汚染物質が多いほど黒くなるっていうけど、ならこれはいったいどれくらいの量を取り込んだって言うんだ」

体が大きいほど取り込める量も増える。

シンの視線の先にある亡骸の大きさは、おおよその試算ですら通常個体の10倍を超えているのだ。蓄積量は想像もつかない。

「バルたんが何百年とかけて浄化するほどだからね。予想がつかないよ」

「サンプルがあれば何かわかるかもしれないけど、さすがに潜ってとってくるわけにもいかないしな」

シンの作った装備ならば耐えられる可能性は高い。セルシュトースを探しに行ったときに使った船のようなものを用意すれば可能かもしれない。

だが、そもそも接触していいものかとシンは思う。

今まで問題なく浄化できているのだ。時間はかかるが、いつかはこの領域も元の平穏な大地へと戻るだろう。

だからこそ、下手にちょっかいを出してトラブル発生などという事態になっては目も当てられない。とくにシンは、そのあたりユズハのお墨付きである。

近づいた瞬間、亡骸が動き出しました。襲ってきました。なんてことすら、ないとは言い切れないのだ。

「とりあえず、今回はここまでだ。いったん戻ってサンプルの解析といこう」

触らぬ神に祟りなし。ここは慎重にいく。

そう決めて、シンは引き返すことにした。

「……ねぇ、シン。後ろ、大丈夫なのよね？」

「大丈夫だって」

ローメヌンに向かうシンたち一行。その後ろを、のっしのっしと歩くバオムルタン。

ハイドロとオキシジェンにとってはいつものこと。シンたちも攻撃してくることはないとわかっているのでのんびり歩いている。

その中でただ1人。ティエラだけが頻繁に後ろを振り返っている。

大丈夫なのかと確認してくるが、恐れている様子ではない。足元のカゲロウも、どうしたのかとティエラとバオムルタンを交互に見ている。

やがて領域の端まで来ると、バオムルタンは足を止めた。歩き続けるシンたちをじっと見つめてくる。交流を続けたバオムルタンの行動のひとつだ。

聞こえてくる弱々しい鳴き声が、去っていく者たちの足を引きとめる。

「なぜかしら、前に進むのがすごく悪いことに思えてくるんだけど」

「そこで立ち止まったら、お前もバルたんの魅力に引き込まれるぞ」

「うぅ、否定できない」

ティエラもバオムルタンの洗礼を受けつつあるようだ。

後ろ髪をひかれつつも、シンたちは領域を後にする。ローメヌンに戻ると、ハイドロたちとサンプルの解析だ。ローメヌンの実験室のひとつを使う。

「さて、解析機で何かわかればいいけど」

シンが今使っている解析機は、混ざり合ったものを分解する機能も併せ持つ高性能機だ。

素材の中には、一部の物質を除去しないとマイナス補正がかかってしまうものもあり、そういったものを処理するのに使われていた。

何がどれくらいの割合で混ざっているのかなどもわかるので、そこからいろいろと推察することもできる。

「……だめか」

バオムルタンにもらった宝玉を解析してみたのだが、結果は解析不能だった。

これは解析に失敗した、あるいは特殊素材アイテムを解析したときに出る結果だ。

運営の「全部解析できてしまったら試行錯誤する楽しみがなくなる」という方針の産物である。

例の水晶もだめもとでやってみたが、やはり結果は解析不能だった。

「やれやれ、さすがシン君が手を焼いているアイテムだ。一筋縄ではいかないね」

「宝玉のほうは、少しくらい何かわかると思ったんだけどな」

「どっちも仕様外のアイテムの可能性が高いですからね。もしかすると、これらの機材の中にデータが存在しないのかもしれません」

そもそもがゲームに存在しなかった可能性の高いアイテムである。

ゲームの素材解析を目的とした機材では、正体はわからないのかもしれない。

「まあ、こういうことは諦めないことが肝心です。焦らず気長にやりましょう」

「そうしたいんだけどな。向こうが待って《トラブル》くれるかどうか」

「さすがシン君。穏やかざる人生を歩んでいるんだねぇ」

「何で嬉しそうなんだよ。当人は全然嬉しくないんだぞ」

うんうんと納得したようにうなずくハイドロに、シンはため息をついた。

†

バオムルタンから宝玉を得てから、さらに数日。

シンたちは各アイテムの分析を引き続き行っていた。

解析機以外にも、アイテムの成分や属性など、調べようはある。

――だが。

「これだけ調べて、わかったのが強い光属性を帯びていることと、浄化の力をわずかに放出していることくらいとは。なんとも研究者泣かせなアイテムだよ」

「内包するエネルギーはすごいんですけどねぇ。抽出ができないとなると、使い道も絞られてきます」

「これはあれか。ギミックのキーアイテムとか直接相手にぶつけるとか、加工せずに使うタイプで間違いなさそうだな」

アイテムの中には、使い道がひとつしかないものも珍しくはない。

イベント限定エリアの扉を開く鍵や、特定のモンスターを弱らせるためのキーアイテムなど、素材としても使用できないアイテムだ。

シンのメニュー欄にある、『大事なもの』ゾーンのアイテムの大半がそれに該当する。

「バオムルタンが渡してきたんだし、やっぱり浄化に関係してると考えるべきだよな?」

「あの光り方からしても、そう考えるのが妥当だろうね。漏れ出ている力だけでも、強い解毒作用があったことを考えると、どうしてもドゥーギンを連想してしまうけど」

「でも、それならわざわざシンさんに渡す理由はないんですよね。その力を浄化に回せばいいわけですし」

いろいろと可能性を口にしては、うんうん、いやいやと討論を重ねる。

シンは、自分があの湖に入れることを見越して、「もしやドゥーギンに力の塊を直接ぶつけてこいとでも言っているんだろうか?」とも思ったが、「いやそれは考えすぎか」と思い直した。

バオムルタンに会ったその日に渡されたのだ。シンがドゥーギンに接触できると、バオムルタンが理解していたとは思えない。

「それにしても、いろいろと設備を作ってくれてて助かった。じゃなきゃここまで解析するのも無理だったかもしれない」

「これも私たちの研究の成果のひとつだからね」

「まだまだ改良が必要みたいですけど、役に立ったなら嬉しいです」

ゲームの仕様外のアイテムだからだろう。ゲーム時の解析用機材はまったく役に立たなかった。バオムルタンの宝玉、ラナパシアで得た水晶、どちらも解析不能だ。

結果を出してくれたのは、ハイドロたちが自作した設備だった。

2人は、自分たちが使っている機材がどのような方法でこの結果を出しているのかという疑問を持ち、使用されているアイテムや内部構造、稼動時の動きなどを調べたらしい。

ハイドロたちにとって、ローメヌンに設置されていた各機材もまた、研究対象だったのである。

そして、そこから得られた知識を元に、新しい機材を自作した。

各ギルドハウスの中でも、デミエデンとローメヌンは生産に必要な素材が一際大量に確保されているので、材料には困らなかったようだ。

「今まで知らなかった特性も知れたからな。装備をもう一段階改良できるかもしれない」

宝玉と水晶については、気持ち程度の結果しか出せなかったハイドロたちの自作した解析機材だが、それ以外の素材については様々な結果を出してくれた。

ふたつの解析は早々に行き詰まったので、気分転換もしくはヒントになるようなことでもないかと、ローメヌンには置いていなかった素材を解析したのだ。

素材を大量に備蓄していたとはいえ、すべてを網羅していたわけではない。

ローメヌンは植物系、デミエデンは金属系といった具合に担当者や使用頻度で備蓄している素材にも偏りがあった。なので、今まで解析したことのなかった金属を解析したのである。

「今の世界だとアイディアしだいでいろいろと融通が利くからな。以前の強化だとなんとか5割増しだったけど、これなら10割増し。性能倍化も夢じゃないぞ」

「その笑顔を見ると、シンさんがヘカテー様のご同類だと心の底から納得できますねぇ」

フフフと少し危ない笑みを浮かべているシンを見て、オキシジェンがうんうんとうなずく。

どうやらヘカテーも同じように、危ない笑みを浮かべていたようだ。

シンはいかんいかんと首を振って、表情をまじめなものに戻す。

「まあ、武器のことは置いておくとして。他に何か思いつく調査方法ってあるか？　正直に言って、俺のほうはお手上げだ」

以前試した、魔力を流して吸収するという方法もハイドロたちには試してもらっている。当時はいなかったフィルマとセティもだ。

結果はシュバイドと同じで何も見えなかったという。試してもらった人数が少ないので考察するのも難しい。

「私たちが作った機材もすべて使ってしまったからね。試してみたい方法がないとは言わないけど、そのあたりはシン君も思いついているよね？」

ハイドロの問いにシンはうなずく。まだ試していない方法はあるにはある。だが、それは素材が複数あることが前提の方法だ。

同じものが手に入る保証はなく、状態を変化させていいのかもわからないので試すに試せない。それらの方法が取れないからこその、お手上げだ。

「宝玉のほうは、バルたんに話を聞ければと思っちゃいますねぇ」

これにもシンはうなずく。

何せ元の持ち主と言ってもいいのだ。使い方を知らないはずがない。

同系統のモンスターならば話が通じるかもしれないとユズハは言っていたが、そもそも言葉を話すモンスターがかなり少ないのだ。身近にユズハがいるシンはかなり恵まれている。

「いや、当てがあるといえばあるか」

バオムルタンは種族で言えば竜種、つまりはドラゴンだ。同じ竜種のモンスターで会話可能な存在というと、1件だけ心当たりがある。

問題は気軽に呼んでいい存在ではないということだろう。邪神討伐時に行動をともにした経緯から、事情を話せば協力してくれそうではある。

ただ、それでも通訳としてきてもらうのはどうなのだろうかと考えてしまう。

「話ができるドラゴンに、当てがあるのかい？」

「ツァオバトって知ってるか？　結構有名なモンスターなんだが」

「『銀月の死神』だね。見たことはないけど、ヘカテー様が話しているのを聞いたことがあるよ。ふむ、話の流れからして、その当てっていうのはツァオバトかい？」

緩んでいた表情を引き締めて、ハイドロが聞いてくる。

「そのとおりだ。ツァオバトなら力を貸してくれるかもしれない。ただ、力を借りるならもっとやばい場面で、とも思うんだよ。戦闘力がその辺のボスとは桁違いだからな。一時的とはいえ、仲間になってくれたらすごいことになるぞ」

リフォルジーラのような反則級のモンスターを除けば、ツァオバトは【THE NEW GATE】の世界において、最強の一角に数えられる。

最強ではなく、その一角と言われるのは、モンスターによって、相性の良い相手と悪い相手がいるからだ。

単純に戦闘力の高いモンスターでランキングを作ると『～神』と名のつく、プレイヤー間ではゴッド級と呼ばれていたモンスターたちが上位を占める。

だが、ツァオバトはその中でも上位に来る戦闘力を持つ。ゲームだったころにギルドで読めた本の中には、神殺しの竜として登場しているくらいだ。

一部の例外を除き、プレイヤーが戦える竜種のモンスターとしては最強と言っていいだろう。

問答無用で襲ってくる設定がなくなっていて、本当に良かったとあらためて思うシンである。

「協力を頼めることそのものがすごいですよ。というか、会話できたんですね。初めて知りました」

「だろうな。会話どころか、『出会ったら死ぬ』がデフォルトだったし」

ゲーム内のモンスターである以上、倒すことはできた。

シンも戦ったことがあるし、倒したこともある。当時は『六天』メンバー総がかりだった。

装備とアイテムをそろえ、攻撃パターンを研究し、しっかりと対策を練った上で挑んだ。

倒したときの達成感を、シンは今でも覚えている。

ちなみに初見ではきっちり全滅させられた。

装備と行動パターンがわかっても、確実に勝てるとはいえないほど強い。何の準備もなしに遭遇すれば、シンたちでも逃げる以外の選択肢はない。

最強と謳われた『六天』ですらその有様だったのだ。他のプレイヤーならば言わずもがなである。

逃げることすらできずに全滅したプレイヤーは多い。

シンの知る限り、『六天』以外でツァオバトの討伐に成功したギルドは3つだけだ。

「そういえば、倒したことを覚えていたな」

討伐に成功したのはシンたちが二度。さらにそのあと、他のギルドによっても討伐されている。

それはつまり、シンたちと戦った個体は死んでいるとも言える。

ゲームならば同じモンスターが再出現、リポップするのは当たり前だが、記憶も継続しているのだろうかとシンは思った。

「まあ、それは本人にでも聞けばいいか」

今、追求するべきことでもないので、まあいいかと思考を切り替える。

「さて、ツァオバトについてはとりあえず保留にしよう。気分転換にちょっと外に出てくる」

「前から続けてるっていう、あれかい？」

「おう、やっと感覚が掴めてきたんだ。あと、あれも調査に応用できないかと思ってるんだよ」

ハイドロの問いにうなずいて、シンは考えを述べた。

現状でやれる調査はあらかた試したので、新しいアプローチのきっかけになってほしいと期待している。

「そっちはお任せします」

「お前たちもやったらどうだ？」

「いやぁ、シュニーはスパルタなので、僕らは僕らなりのやり方でやっていきます」

考えるのは得意でも、動くのは苦手とオキシジェンが頬をかきながら遠くを見る仕草をした。研究をしないというわけではない。ただ、シュニーが怖いのである。

「シュニーはほら、真面目だから」

「頭脳労働専門の私たちには、あれはちょっと厳しいね。初日に逃げ出さなかった自分をほめてあげたいよ！」

そんな大げさなと思うシンだが、オキシジェンも同じ思いのようで、ハイドロの言葉にしきりにうなずいていた。

実際のところ、今までで知り得たシュニーの訓練を受けた相手――上級選定者であるヴィルヘルムですら――は、皆同じようなことを言っている。

フォローしようとしたシンも、悲鳴を上げながら訓練をしていた兵士を見ているだけに否定はできなかった。

「それでも訓練にいくシン君は、実はマゾッ気があるのだろうか」

「その発想はやめろ！　あるわけないだろ！」

相手がシュニーだからというのはもちろんある。ただ、シンからすればさほど苦行というわけではないのも続けられる要因だ。

ゲームではできなかったことができるようになるかもしれない、というのも大きい。

「さて、やるか」

ローメヌンを出て、訓練用に確保した敷地でシンはスキルを発動させた。

しかし、シンは動こうとする体を強引に抑えつける。

動きを止めて数秒、体を動かそうとしていた魔力が霧散し、スキルがキャンセルされた。

その様は、魔術スキルの発動に失敗したときと似ている。

スキルの決まった動き、型が魔術の詠唱と呼ばれるゆえんだ。

「ふぅぅぅ……」

集中力を切らさず、シンは体に魔力をまとわせる。

先ほどのスキルを抑えつけていたときの感覚を思い出し、全身にくまなく魔力が行き渡ったのを確認して踏み出した。

繰り出されたのは、無手系武芸スキル【八華掌《はっかしょう》】の八連撃。

突きから始まる連撃が空《くう》を切り、最後の後ろ回し蹴りを繰り出したところで、シンの体がピタリと止まった。

「やっと、わかってきたぞ」

「おめでとうございます。成果が出てきましたね」

シンの動きを近くで見ていたシュニーが、微笑を浮かべながら話しかけてきた。

今シンが発動したのは、スキルの【八華掌】ではなく、アーツの【八華掌】だ。

動きは同じでも、一撃の威力や速度はスキルのものよりも劣っている。

今回は使用者がシンなので、そこらのスキル習得者が放つものよりも強力になってしまっているのはご愛嬌《あいきょう》だ。

「長かった……鍛冶をやるときは簡単なのに、なんで武芸スキルや魔術スキルになるとこんなに難しいんだ、まったく」

この世界に来てから、シンはゲームのころにはなかった魔力操作を練習してきた。

シンたちプレイヤーにとって、魔力はＭＰのこと。スキルを使うと自動で消費するものでしかなかったが、こちらではそれを、ある程度自分で操作することが求められる。

鍛冶や調合のような生産系スキルでは、とくに重要とされていた。

不思議なのは、シンが鍛冶仕事をするときは、訓練なしでも熟練の魔力操作ができること。

一方で、それ以外、とりわけ攻撃用のスキルになると、魔力の流れを感じることも操作することも悲しいほど下手になってしまうことだ。

単純に魔力を多く込めるだけならできるのだが。

「対象が生物か無生物かでやりやすさが違うというのは、本当なのでしょう。確か、アーツを生み出した人もそのようなことを言っていたと聞いたことがあります」

人というのは、無意識のうちに魔力を使っている。スキルはそれをより強く、方向性を与えて行使させる。

型が決まっているのは、そのほうが威力が出やすいから。それが、スキルを研究している者たちの現在までの見解なのだと、シンはシュニーから聞いていた。

生産系のほうは、鉱物や植物など魔力を帯びていてもそれが自らの意思で行使するようなことがほとんどなく、加えて外部からの干渉に抵抗がないのでスムーズにいきやすい、ということらしい。

「私たちの場合は、スキルを使うことに違和感を覚えていないことや、スキルに身をゆだねることを当たり前と認識しているのも大きいのでしょうね。私も苦労しました」

「俺たちにとっては、それが普通だからな。スキルを抑え込んでキャンセルするなんて、ゲームだったら隙ができるだけで意味のない行為だし」

この世界だからこそ意味が出てくる。ゲームでは、体を覆う魔力など感じようがない。

「アーツを開発したのは、神官なんだよな?」

「はい。実在したのかまではわかりませんが、教会に残っている記録ではそうなっています」

アーツを開発した神官は、スキルを持たない一般人だったらしい。

シンも多少、教会の人間と縁があるので、そこに興味を持って話を聞いたのだ。

『栄華の落日』によって、人の世は混乱を極めた。

短命種の中でも特筆した力を持たないヒューマンが、そんな混沌とした時代の中でどの種族よりも救いを求めたのは必然だったと言える。

そんな時代に生まれた教会の神官は、人を救うことと戦うことの両立を迫られた。

たとえスキルがなくとも、弱き人のために武器を持って戦い、少しでも苦しみを和らげるために薬の研究を行う。

モンスターの襲撃があればそれを蹴散らし、薬が足りないとなれば自らも素材の採取に赴く。

当時の神官たちは戦士であり騎士であり、研究者でもあった。

「あらためて聞くと、すごいよな。教会があれだけでかい組織になったのは、そんな人たちの行動の結果か」

ただ神の教え云々と語っていただけでは、今の教会はなかっただろう。

戦いの中に身を置いていたからこそ、何度もスキルを目にし、違和感に気づくことができた。スキルを使っているときといないときの、魔力の流れに違いがあること。

それを発見した神官は、さらに情報と検証を重ね、スキルの劣化版であるアーツの開発に成功した。

現在の世にスキルよりもアーツが浸透している理由として、スキルの希少性もそうだが、アーツの習得のしやすさや負担の小ささも挙げられる。

レベルによってステータスが上昇するこの世界だが、ほとんどの人が転生ボーナスとは無縁の初期アバターの能力で生まれてくる。

当然ボーナス持ちに比べればＭＰは低く、スキルを手に入れてもそのＭＰ消費量からそう何度も使えない。

そして、効果の高い治療に回数制限がつけば、当然治癒を受ける権利の奪い合いが始まる。

スキルには最低限必要なＭＰがあり、初期の【ヒール】ですら、一般人には日に10回も使えない。

レベルを最大値まで上げて転生してアバターを強くするという、プレイヤーには当たり前だったことができない点と、そもそもレベルを最大まで上げる者がほぼいないという点が、問題に拍車をかけていた。

この世界の一般人は、国にもよるが平均レベルがおよそ20～30。兵士ですら100前後だ。一般人ですら、255は夢のまた夢なのである。

転生ボーナス持ち、いわゆる選定者も255まで上げきる者は少ない。

そんなとき、スキルより効果は落ちるが必要なMPが少なく、スキルよりも手軽に習得できるものが出現すればどうなるか。答えは今の世界が物語っている。

効果は高いが習得が難しい【スキル】と、効果は低いが習得難度の下がる【アーツ】は、それぞれすみわけができていた。

「またやってる」

「またとはなんだ、またとは」

会話をしつつも真面目に訓練をしていたシンたちの元に、セティが歩いてくる。

その表情には少し呆れが混ざっていた。今までは見ているだけで話しかけてくることはなかったのだが、今回は違うらしい。

「だってさ。スキルが使えてステータスもぶっ飛んでるシンが、効果の低いアーツを習得する必要とか、意味なくない？」

今まで口にはしていなかったが、考えてもわからなかったのかセティが問う。

当然と言えば当然の疑問だ。

初期の【ヒール】どころか、広域殲滅用の魔術スキルを連射できるシンに、MP不足などという問題が起ころうはずもない。

一度の使用でMPを全快にするアイテムだってあるのだ。

「これはシュニーから教わったんだけどな。アーツを習得するまでの訓練がスキルの強化にも効果があるんだよ」

「スキルの強化に？」

シンも初めて聞いたときは驚いたものだ。

「アーツを習得するまでに行う、自身に作用する魔力の操作。これをはっきりと認識してできるようになると、スキルへの理解度が上がります。結果として、こめられる魔力の量が増えたり、動きにより大きなアレンジを加えられるようになるのです。セティが魔術スキルを応用しているのと同じです。あれがよりスムーズに、より効果的にできるようになると考えてください」

「へぇ、そんな効果があるのね」

ツムギンたちを守るため、シンのプライベートエリアに籠っていたセティには知りようのない情報だった。

それでも、近いことをしているあたり、さすがは魔術方面に強いピクシーといったところか。

「そういうことなら、私もやってみようかしら」

傍観しているだけではもったいないと、セティもスキルを発動する。

セティは魔導士であり、後衛としての能力をメインに育成された。ただ、近づかれたら終わりというようなことにならないように、接近戦用のスキルも習得している。

今回発動させたのは、魔導士ならば必須と言われていた杖術系武芸スキル【音無《おとなし》】だ。動きとしては、単調な突き攻撃。

威力も低く、STRが低い傾向にある魔導士ではまともなダメージは与えられない。ノーダメージ技とまで言われるほどだ。

しかし、このスキルが魔導士必須と言われていた理由は、付属する3つの効果にこそある。

スキルの発動から攻撃に移るまでが最速――同速のスキルは他にもある――であることと、ノックバックとスタン効果を併せ持っていることだ。

複数の効果を持つがゆえにノックバックは距離が、スタンは時間が短い。だが、無効系のアクセサリをつけていても一定確率で効果がある。

そして何より、近接型プレイヤーの猛攻を止め、距離をとれることが最大の利点だ。

「むむむ、ぷはっ！」

杖を構えたままプルプル震えていたセティは、数秒の後、四肢を投げ出して倒れこんだ。

「これ、きっつい……」

「だろ？　そこから魔力の感覚を掴むのがまた難しいんだ」

「魔力かぁ。そんなに難しいかしら」

そう言うと、セティは上半身を起こして右手のひらを上にした。すると、音もなく拳大の火の玉が出現する。

「これがアーツってやつなのね。私が外にいたときはまだこんなのなかったから知らなかったわ」

「確かにアーツですね」

「嘘だろ……」

火の玉を見たシュニーがアーツで間違いないと断言したことに、シンは驚くとともにショックを受けていた。

空き時間を見つけては訓練を繰り返してやっとわかった感覚を、セティはたった一度で掴んでしまったのだ。きついと言ったのは、あくまでスキルを抑えつけることのみだったらしい。

「魔術特化は伊達じゃないのよ。魔力感知に関しちゃ、任せなさいってね！」

ふふんと胸を張るセティ。満面のドヤ顔である。自己流で魔術スキルを応用していただけあって、魔力の扱いにも慣れているようだ。

「ほらほら、私がコツを教えてあげるわよ」

「ぐぬぬ」

これも強大な敵が現れたときのためと、シンは悔しさをこらえて、セティの言葉に耳を傾ける。

「まずは全身を流れる魔力を感じて、それをぐっと引き寄せて言うことを聞かせてからぱっと流すの。これを繰り返してスキル発動時に流れる魔力を自分の色に変えていくのが第一段階ね」

「わかるかぁ！」

セティは感覚派だった。悲しきかな、シンにはセティの言っていることが半分もわからない。

「おそらくですが、スキルによって自動で流れる魔力を自らの意思で行き渡らせられるようにすることを指しているのではないでしょうか。言うことを聞かせるというのは、自分の支配下に置くということだと思います。違いますか？」

「そうそう、そんな感じ！　さすがシュー姉」

セティの感覚頼りの説明を、シュニーが翻訳する。エルフも魔術を得意とする種族なので、いくらか理解できるのかもしれない。

シンも心の中で称賛しておいた。

「魔力を自分でか」

魔力操作の訓練の成果で、武芸スキルを発動すると心臓から魔力が全身に行き渡り、魔術スキルを使うと手や足の一点に集中するのが感じられる。

それを確認してから、まずは武芸スキルだと魔力を自分の意思で全身に行き渡らせようとした。

「む、むむむ……」

それがなかなかうまくいかなかった。

スキルを意識すると、勝手に魔力が流れてスキルが発動しそうになるのだ。

今まで意識するだけで使えていたスキルだが、それに慣れたことが魔力操作によるスキル発動を困難にしていた。

勝手に動こうとする魔力を力尽くで抑えつけ、スキルが発動しないようにするのが精一杯だ。

先ほどはかなり魔力を絞ったのでうまくいったが、少し増しただけでとたんに難しくなる。

「くはっ、全然うまくいかねぇー」

今度はシンが四肢を投げ出して仰向けに倒れる。

何度も挑戦しては何も発動せずにプルプル震えるだけ。慣れないことをしているせいだろう、いつの間にか全身汗だくになっていた。

「スキルを使う者にはよくあることです。根気よく続けていきましょう」

「ここまで来るのも時間がかかったからな。諦めずにやるか」

アーツの発動ができたことで、その先のスキル強化も不可能ではないとわかっている。

何事も一足飛びにはうまくいかないものだ。こつこつ続けていこうとシンは思った。

Chapter3 狙われた街

THE NEW GATE

シンたちがローメヌンにやってきてから2週間が経ったころ、それは唐突に起こった。

日課となりつつあった訓練をしていたシンたちの耳に、甲高い鳴き声が届いたのだ。

「ねぇ、シン。今の声って」

「ああ、どうやら招かれざる客が来てるみたいだ」

鳴き声を上げているのは、バオムルタンだ。甲高いその声は、悲鳴のようにも聞こえる。

シンが探知範囲を広げると、バオムルタンの周りに6つの反応があった。

バオムルタンを囲む反応のうち、3つがそれぞれ別方向から近づいては離れている。おそらく、狙いを絞らせないように攻撃しているのだろう。

『緊急連絡！　バオムルタンが何者かに襲われている可能性がある！　動けるやつはすぐに集まれ！』

ローメヌンの機能を使えるようにしてあったので、それを利用して敷地全体に声を届かせる。一緒に訓練していたシュニー、ティエラ、ユズハ、フィルマはすぐに武器を取り出した。

数分のうちに、シュバイドたちもやってくる。今回はハイドロとオキシジェンも自作の装備ではなくヘカテーから与えられた装備を身につけていた。

「相手の目的は不明だ。マーカーの動きから襲われていると判断してるが、確定じゃない。いきなり攻撃はするなよ」

「わかってるから、早く行きましょ！」

ティエラの言葉は、シンを見ている全員の心情だった。初対面では怖がっていたティエラだったが、今ではバオムルタンのほうから寄ってくるほどである。

「近づきすぎるなよ。もし戦闘中なら、俺たちも攻撃される可能性が高い」

反応へと向かいながら、シンはティエラに言った。他のメンバーは実際に攻撃するところを見たことがあるので、警戒はしているだろうと思ってのことだ。

「攻撃、されるのかな？」

「そればかりは実際に会ってみないことにはわからない。しないでくれるといいんだけどな」

シンもバオムルタンとは仲良くなったと思っているので、攻撃されると少なからず精神的ダメージを受けるだろう。もしそうなったら、どのような事情であれ攻撃している相手を一発くらいは殴ってもいいよなとシンは思った。

「やはり戦っているな」

「ここまで来るんだから一般人じゃないと思ってたけど、かなりやり手みたいね」

ほとんど森のような植物群生地帯を抜けると、一気に視界が開ける。【遠視】が使えるメンバーは、すぐにバオムルタンとその周囲に目を向けていた。

確認できたのは、全身鎧を着ている者が3人とローブを着ている者が2人、そして神官服を着ている者が1人。

鎧を着ている者たちが左右と後方から近づいて注意を引き、ローブの2人が炎や雷の魔術を放っている。神官らしき者は杖を掲げたまま動いていない。

魔術の直撃を受けてバオムルタンが悲鳴を上げる。弱体化しているからだろう。全体的に動きが鈍い。爪や尾の一撃は鎧たちを打ち付けている。しかし、構えた盾を吹き飛ばすまでには至らず、数メル後退するだけですぐに元のフォーメーションに戻ってしまう。このまま戦い続ければ、バオムルタンが狩られてしまう可能性もある。

だが、戦いを仕掛けている者たちも少し様子がおかしかった。全員が毒や麻痺に侵されては回復するを繰り返しているのだが、明らかに回復が間に合っていない。

「その戦い、待ったぁ！」

シン、フィルマ、シュバイドが大きくジャンプし、鎧たちの前に着地する。さらにカゲロウが咆哮を上げ、ローブや神官たちの気を引いた。

割り込んだ3人はバオムルタンに無防備な背を向けることになるが、攻撃されたらそのときはそのときと腹をくくっている。

「な、なんだお前たちは!?」

鎧男を着ている者の1人が剣を構えたまま叫んだ。目の周り以外を覆うタイプの防具をつけているので声はややくぐもっていたが、それでも男の声だとわかる。

「こっちもわけありでね。それよりあんたたちは何でバルた――バオムルタンと戦ってるんだ？　こいつは人に害をなすモンスターじゃないぞ」

ついバルたんと言いそうになったのを何事もなかったように流し、シンは初めに叫んだ鎧男に問う。もしこの大地を覆う毒をバオムルタンが出していると誤解して討伐に来たのなら、事情を説明するつもりだった。

「この死の領域に人だと？」

「なんという威圧感……これは、勝てんな」

他の鎧男2人も動揺しているようだった。片方はシンたちの強さが理解できるようで、両手を下げて構えを解いている。

他のローブや神官服の面々も、顔を左右に小刻みに動かして状況把握に努めていた。

「こちらに戦う意思はない。話し合いを望む」

「……お前たちは人、なのか？」

最初に叫んだ鎧男が、シンに問うてくる。

なんでもないように行動しているが、シンたちがいるのは、常人ならば数度呼吸をしただけでのたうち回って無残な死を遂げるような猛毒の中なのだ。

何も知らない者から見れば、そんな危険地帯で毒を防ぐマスクや兜《かぶと》などの装備もなく、素顔をさらしたままのシンたちの存在は異常としか言えない。

人であることを疑われても仕方がないほどなのだ。

「人だよ。そっちみたいに口元を隠していないのは、毒対策のアクセサリをつけているからだ。そっちもそれなりにいい装備をつけているし、俺たちもそうだとわかるんじゃないか？」

シンには、彼らが身につけている装備が神話級《ミソロジー》中位、もしくは下位の装備だとわかった。

伝説級《レジェンド》ですら国宝扱いされる世界で、全員がその上をいく等級の装備を身につけている。この世界の基準で言えば、かなりおかしい。

プレイヤーか、その関係者か。もしくはそれだけの装備をつけるに足る特別部隊か何かか。そんな考えを抱かせるには十分だ。

「わしらの装備が、それなりか……いや、お前さん方の装備を見れば納得するしかあるまい。皆武器を下げろ。こりゃ抵抗しても無駄じゃ」

シンの前で話していたのがリーダーだったようで、すでに武器を下ろしていた鎧男以外のメンバーも構えを解いた。

「武器を収めてくれて感謝する。早速話し合いをしたい……んだが、とりあえず落ち着ける場所を提供するよ。その装備じゃ長く持たないだろうし」

こうしている間にも、襲撃者たちのＨＰは徐々に減少している。

これでは落ち着いて話し合いもできないだろうと、シンはアイテムボックスからカードを取り出して具現化した。

シンの手の上に出現したのは、ひし形の青い水晶のペンダントだ。さらにそれを湖から離れた位置に投げる。

ペンダントは地面につくより早く発光し、光が収まるとそこには小さめのログハウスが現れた。

「この中なら毒の影響はない。ついてきてくれ」

そう言って、シンは先導するように先にログハウスの扉を開けて中に入る。シュニーやシュバイドも続いた。フィルマやセティにはバオムルタンを見ておくように心話で頼む。

リーダーの男は少し迷った素振りを見せたが、思い直したように首を振って開けられたままの扉をくぐった。それにならって、他のメンバーもバオムルタンやシュニーたちを気にしつつログハウスに入る。

「これで大丈夫だ。毒の影響はなくなったろ?」

「こりゃたまげた。本当に毒が消えているよ」

シンの言葉に最初に反応したのは、神官服を着た人物だった。目以外を覆うタイプの防具を付けていたのでわからなかったが、女性だったらしい。

防具をはずしてもこれといった身体的特徴は見られないので、ヒューマンだろう。

「回復役が最初に防具をはずすんじゃねぇ」

「今さら疑ってどうすんだい。この子があたしらを消す気なら、わざわざここに連れてこなくてもちょいとスキルを使えばすぐだよ。そうだろう?」

あまりにもはっきりとした物言いに、仲間のはずの男まで呆れていた。できるかできないかでいえば、確かにできる。

「話し合いがしたいのは本当だって、信じてもらえたと思っても?」

「でなきゃこんなことする意味がないからね。できればこっちの事情も聞いてくれると嬉しいよ」

「それはむしろ話してもらえないと困るな」

女性の言葉に、苦笑しながら返す。そのやり取りが功を奏したのか、他のメンバーも装備をはずした。

「まずは自己紹介だ。俺はシン、ヒューマンだ。こっちのエルフがユキで、そっちのドラグニルがシュバイド。外のメンバーも含めて、全員冒険者をしている」

セティはまだ登録していないが、ややこしくなりそうだったので全員ということにした。ちなみに、ユキはシュニーの偽名である。

「同業者だったか。ならこちらも名乗らせてもらおう。わしはガロン。ドワーフじゃ。こんな鎧をきとるが、本業は鍛冶師じゃ」

兜を脱いだガロンが長い髭をさすりながら名乗る。

背丈はティエラほどだろうか。腕が太く、肩幅が広いこともあって横に大きい印象を受ける。装備は大き目のラウンドシールドとメイスだ。

「マフロフ。見てのとおり、熊のビーストだ」

こちらも兜を脱いで名乗った。シュバイドほどではないが、それでも身長が2メル以上あるのは間違いない。シンたちの存在に疑問を呈したほうの鎧男がマフロフのようだ。こちらは1メル以上あるタワーシールドとメイスを装備していた。

「アガージュ。狼のビースト」

少し緊張したように言ったのは、カイトシールドを両手に装備していたアガージュだった。マフロフと同じで、元となった動物がそのまま人型になったタイプだ。マフロフほどではないが大柄で、ガロンと並ぶと大人と子供のような身長差がある。

「あたしはリーシャ。あんたと同じヒューマンさ」

リーシャはどこか、肝っ玉母さんのような印象を受ける女性だった。物怖《ものお》じしない性格らしい。

「アーシャ、ヒューマン」

「メーシャ、ヒューマン」

最後に名乗ったのが双子の少女たちだった。身長はセティよりもいくらか高い程度で、自分の身長より長い杖を装備していた。

武器はすべてカード化できるようで、装備をはずした際に一緒にカードに戻している。

「それで、何でバオムルタンと戦っていたんだ？　さっきも言ったが、わざわざ危険に飛び込まなくてもいい相手だろ」

「そりゃ戦わんでいいなら、わしらもわざわざ突っかかったりせんわい。今さら名誉だの金だのに固執する意味もないからのう」

つまり、無茶をするに足る理由があるらしい。

『シュニー。俺にははっきりとはわからないんだけど、もしかしてあの双子以外は全員老人じゃないか？』

シンは心話でシュニーに聞いた。

ヒューマンのリーシャならば、皺や白髪などから、年を重ねた女性だとわかる。

しかし、顔が動物そのもののマフロフやアガージュ、老け顔が多いドワーフのガロンなどは、実年齢はさっぱりだ。

ただ、声や仕草、雰囲気などが、シンにそう感じさせた。

『男性は全員そうですね。おそらくですが70は超えているでしょう。短命種としては、かなり長生きと言っていいです』

判別できるらしい。女性のほうはノーコメントのようだ。

シュニーの話から、回復薬やスキルがある世界でも現代ほどの寿命は望めないということもわかった。

「本来なら、この双子は来ないはずだった」

「うん？」

マフロフが少女たちを見て言う。

「今回の依頼は、国の浮沈に関わる大仕事。もし死ぬとしても、それは俺のような老いぼれだけでいい」

大人たちの目が少女たちに注がれる。

いざというときは、2人だけ逃がすつもりだったのだろう。

「あー……悪いがその話は俺たちには解決できそうにない。本題に入ってもいいか？」

マフロフの発言に双子が不満を言いだしたので、収拾がつかなくなる前にシンは強引に話を進めた。

「すまんな。ここからはわしが話そう。わしらの目的はバオムルタンの素材なんじゃ。それを使って装備を作り、あるモンスターを倒す。ここまでがわしらの受けた依頼じゃ」

「あるモンスターというのは？」

もしや、という思いがシンの脳裏をよぎる。

「ドゥーギンというモンスターじゃ。バオムルタンを知っているなら、この名も聞いたことがあるのではないか？」

シンの予想は的中した。湖に沈んでいる以外の個体が何かしているようだ。

「まあ、一応は。確認なんだが、ドゥーギンを発見したから討伐依頼が出た、というわけじゃないんだよな？」

「それだけなら、依頼を受けることはなかったじゃろうな」

被害がないのなら、即座に討伐依頼が出るようなモンスターではないとガロンは言う。

「今やつは、わしらの国を脅《おびや》かしとる。だからこその討伐依頼じゃ」

「脅かす？　それは、襲撃を仕掛けてくるってことか？」

シンの知るドゥーギンは、プレイヤーを見つけても一定範囲内に近づかなければ攻撃してこない。

シンがまず考えたのは、ドゥーギンに対して何かちょっかいをかけたのではないかということだ。

「そのとおりじゃ。最初は国の上を飛ぶだけだったんじゃが、2週間ほど前に降りてきおった。やつのばら撒いた毒のせいで、死人こそいないがかなりの人数が動けなくなっとる」

「誰かがドゥーギンを攻撃した可能性は？」

「ない、とは断言できん。じゃが、それならばすぐに襲ってきていいはずじゃろう？」

1月ほどは、国の上を通過したりぐるぐると旋回していたそうだ。

ガロンの言うとおり、攻撃に対する報復ならば、そんなことをする理由がない。

「他に何かわかっていることは？」

「役に立ちそうなことは何もないわい。バオムルタンについても、たまたま文献に載っておったから来たわけじゃしのう」

「ここにバオムルタンがいるのは、有名なのか？」

「どの程度知られているかはわからんが、わしらの国では知らないやつのほうが少ない。有名な御伽噺《おとぎばなし》なんじゃよ。死の霧の奥深くに、毒を食《は》んで生きる竜が棲《す》むとな。悪いことをすると竜の棲《す》み処《か》に放り込むぞ、と言って子供に言うことを聞かせるんじゃ」

よくある、悪いことをしたら○○が来るぞ、という話と似たパターンのようだ。

御伽噺ではあるが、死の霧は実在するし、国の上層部やギルドの幹部は竜の名も知っているらしい。今回もそれが元で、ガロンたちが派遣されたようだ。

「耐毒装備なしじゃ、きついと」

「戦えんわけじゃないが、それだけじゃ。死なんように耐えるのが精一杯じゃった」

ゲームならば毒を受けてもＨＰが徐々に減るだけだったが、現実となればそれだけでは済まない。弱い毒ならともかく、ドゥーギンが出すような強力な毒は受けただけで満足に動くことも難しくなるようだ。

ドゥーギンが放った毒は、一番強力なもので【猛毒《ハイ・ポイズン》】。

シンからすればさして珍しくもない状態異常だが、何か補正でもかかっているのか、解毒にかなり時間を要したと言う。

さらにＨＰも回復しなければならず、防御と回復に専念してもギリギリだった、とガロンは語った。

「ドゥーギンのレベルはどのくらいだったんだ？　結構ばらつきがあるはずだけど」

「672じゃ。毒さえなければ、刺し違える覚悟で戦えばどうにかなるんじゃがな」

レベルはさほど高くないようだ。

見たところ、ガロンたちは全員が神話級《ミソロジー》の装備を使用している。戦っているところを見た限りでは、武器に振り回されている様子もなく、ステータス不足のペナルティもなさそうだった。全員がそうならば、この世界ではかなり強力な戦力だ。ゲーム時で考えても、戦い方しだいでは勝てなくはない。ネックなのは、ガロンたちも考えているとおり、毒対策だ。

「レベルは俺の知ってるのと違いはない。でも、聞いた感じじゃ毒だけ強化されてる可能性があるか。もしかして、ガロンさんたちの国を襲うように仕向けられたか？」

「わしらの国はさして国力もない小国じゃぞ？　狙ったところでうまみなどないはずじゃがのう」

国の名前はパッツナー。バオムルタンの領域を北上した先にある小国。『栄華の落日』で国が乱立した際に、あえて危険地帯の近くに国を構えることで占領するうまみをなくし、細々と生き延びた。

交通の便は悪く、特筆するような名産もない。小さい国ゆえに王族や貴族と平民の距離感が近く、穏やかな統治がされている。バオムルタンの領域が近くにあるからか強力なモンスターもほとんどいないので、老後を過ごすにはぴったりなのだとガロンが説明してくれた。

「わしらも一時期は名の通った冒険者じゃったが、今となってはただの年寄りじゃからな。選定者扱いされても昔のようには動けん。だが、今回だけは別じゃ。なんとしてもドゥーギンをどうにかせねばならん。お前さんたちは、わしらをどうする？」

ガロンの全身から、威圧感が噴き出す。

ALPHAPOLIS
WEB CITY
SINCE 2000
ALPHAPOLIS
アルファポリス
LN_Ver.17
アルファポリスの人気作品を一挙紹介!

ゲーム世界系

VR・AR様々な心躍るゲーム
そんな世界で冒険したい!!
プレイスタイルを
選ぶのはあなた次第!!

とあるおっさんのVRMMO活動記

椎名ほわほわ

VRMMOゲーム好き会社員・大地は不遇スキルを極める地味プレイを選択。しかし、上達するとスキルが脅威の力を発揮して…!?

既刊20巻

THE NEW GATE

風波しのぎ

目覚めると、オンラインゲーム(元デスゲーム)が"リアル異世界"に変貌。伝説の剣士が、再び戦場を駆ける!

既刊15巻

のんびりVRMMO記

まぐろ猫@恢猫

双子の妹達の保護者役で、VRMMOに参加した青年ツグミ。現実世界で家事全般を極めた、最強の主夫がゲーム世界で大奮闘!

既刊9巻

価格:各1,200円+税

人外系

人間だけとは限らない!!
亜人が主人公だからこそ
味わえるわくわくがある♪

Re:Monster

金斬児狐

最弱ゴブリンに転生したゴブ朗。喰う程強くなる【吸喰能力】で進化した彼の、弱肉強食の下剋上サバイバル!

第1章:既刊9巻+外伝2巻　第2章:既刊2巻

さようなら竜生、こんにちは人生

永島ひろあき

最強最古の竜が、辺境の村人として生まれ変わる。ある日、魔界の軍勢が現れ、秘めたる竜種の魔力が解放されて──

既刊18巻

邪竜転生

瀬戸メグル

ダメリーマンが転生したのは、勇者も魔王もひょいっと瞬殺する異世界最強の邪竜!?──いや、俺は昼寝がしたいだけなんだけどな……

全7巻

価格:各1,200円+税

バオムルタンを倒そうとするガロンたちと、守ろうとするシンたち。ガロンからは、邪魔をするならばたとえ敵わないとしても戦うという強い意志が感じ取れた。

「こっちとしては、バオムルタンを倒させるわけにはいかない」

事情は理解した。しかし、それでも譲れないとシンは言った。

「そうか。残念じゃ――」

「ところで、ひとつ確認したいことがあるんだが構わないか？」

「……なんじゃい」

シンの返答に言葉を遮られたガロンが、中途半端な体勢で止まる。構えからして、武器を取り出そうとしていたのだろう。

「つまるところ、ドゥーギンの毒をどうにかできればいいんだろ？　それができれば、バオムルタンの素材にこだわる必要はない」

「そうじゃな。他に選択肢がないからこそ、こうして危険を冒しておる」

あらためて確認したシンにガロンははっきりうなずいた。リーシャはシンが何を言おうとしているのか察したのか、真剣な表情を向けてくる。

「なら、その耐毒装備。俺が提供すれば問題ないよな？」

「何を言って……いや、そういえば、お前さんたちはこの猛毒地帯の中でも平然としておったな」

ガロンたちのように常に回復をするでもなく、マスクのような防毒装備をつけるでもなく、街中を歩くように、素顔をさらしたままだったのを思い出したようだ。

「あたしらが聞いていいのかわからないけどね。あんたらは何者なんだい？」

今まで黙っていたリーシャが話しかけてくる。いきなり装備を提供すると言い出したのが気に入らなかったのだろうかと、シンは視線をリーシャに向けた。

「怪しいと？」

「怪しいを通り越して、わけがわからないよ。あんたらの装備、見てるだけで背筋が寒くなるくらいの魔力を放ってる。それを平然と着こなしてるんだ。実はモンスターなんじゃないかい？」

回復役を担っていたリーシャは、魔力に関しても鋭敏な感覚を有しているようだ。等級も見当がついているかもしれない。

「おい、リーシャ。その言い方はさすがに礼を失しているぞ」

「止めるでないよ、マフロフ。あたしたちには、こうして話している時間も惜しいんだ。悠長に腹の探りあいなんかしてられないんだよ」

マフロフがたしなめるが、リーシャは止まらない。

こうしている間にも、ドゥーギンが国を襲っている可能性があるのだ。戻ったら国が滅んでいましたなど、冗談ではないのだろう。

「そうだな。ならこっちも正体を明かそう。俺たちはシュニー・ライザーのパーティメンバーだ。俺は鍛冶を担当している」

ガロンたちと会話をしながら、いざと言うときのために心話で打ち合わせをしていた話を切り出す。困ったときのシュニー・ライザーである。

「シュニー・ライザーだと？」

「知りませんか？」

「いや、さすがに知っとる。まさかとは思っとったが、最初にお主が話しかけてきたんでな」

実際に目にしたこともあったと言うが、何年も前の話。

そのうえ、シュニー・ライザーではなくユキと名乗っており、さらにはシンが前に出て話をしていたのでただ似ているだけだと考えていたらしい。

今回、シュニーは変装していなかった。

しかし、エルフの女性は総じて顔立ちが整っており、長髪の者も多い。また、銀髪や青い瞳も珍しくないため、組み合わせが同じというだけならばそっくりさんも多いのだ。

「あらためまして、シュニー・ライザーと申します。ここからは、私が話をしましょう」

「う、うむ」

「ちょっと待ちな。あんたが本物だっていう証拠はあるのかい？」

シュニーの笑顔に気圧され気味のガロンに代わり、リーシャが前に出てきた。

「おい、失礼だろう」

「こちとら国の浮沈がかかってるんだ。美人だからって鼻の下伸ばしてんじゃないよ！」

いさめようとしたガロンにぴしゃりと言い返すリーシャ。その目は真剣そのもので、嘘は許さないと語っている。

「証拠か。【鑑定】が使えるなら、偽装を解いてみてもらえばいいんじゃないか？」

「あんたたちのほうが力が上だからねぇ。偽装を解いたと言って逆に偽装されたステータスを見せられても見破れる自信はないよ」

能力が上の相手なら有効なのだが、下の相手だとリーシャの言ったことができてしまう。

「むむ、ギルドカードは？」

「あれはあくまで仮のものとして発行させたものですから、証拠と言えるかどうか」

「ならあとは、月の祠でも出すか？」

世間では絶賛行方不明中の建物だ。この世界では月の祠といえばシュニー・ライザーなので、証明としては十分だろうと思われた。

「月の祠も聞いたことはあっても見たことはないねぇ。よくできた偽物でも見破る自信はないよ」

「そう言われるとなぁ」

本物を見たことがないのであれば、出てきたのがそっくりなだけなのか本物なのかはわからないだろう。

考えてみると、今回のような身分の証明はなかなか難しい。ギルドカードも、使用はできなくても他者のカードを見せて身分を偽る程度はできる。

やってみようとすると、思った以上に難しいことだった。

「……俺からひとついいか？」

どうしたものかとシンたちが頭を悩ませていると、自己紹介からずっと黙っていたアガージュが片手を挙げて言った。

「言ってくれ。何か方法があると助かる」

「誤解しないでくれと先に言っておく。においを嗅がせてもらえないか？」

「におい？」

アガージュは狼型のビーストなので鼻は利くだろう。しかし、今回それがとくに役立つとシンは思えなかった。

「説明する。俺は、ガロンたちとパーティを組む前はファルニッドにいた。ほんの一時だが、初代獣王ジラート様と、戦列をともにしたこともある。そちらが覚えているかわからないが、それはジラート様とライザー様が共闘したときだった」

狼型のビーストの中でもアガージュはとくに鼻が利くようで、シュニーのにおいも覚えていると語った。それを確かめさせてほしいのだと言う。

「嗅ぐのは武器のにおいだ。ジラート様の迅牙のにおいもよく覚えている。ただ、あくまで俺の記憶しか証拠と呼べるものはない」

「いや、十分だろう。アガージュの鼻は信用できる。疑う理由はない」

すまなそうに言うアガージュの隣で、マフロフがはっきりと言い切った。狼と熊の違いはあれども、同じビーストとしてそういった感覚は十分当てになると話す。

「そうじゃのう。今までもアガージュの鼻には助けられたもんじゃ。そのアガージュが言うならば、間違いはなかろうて」

マフロフに続いて、ガロンも納得だとうなずいた。隣でアーシャとメーシャも同じタイミングでうなずいている。

「まあ、あたしも無茶言ってる自覚はあるさ。仲間が言うことを疑いはしないよ」

全員から視線を向けられたリーシャが、降参だと両手を挙げながら言った。

「どのくらい近づけば？」

「1メルもあれば十分だ」

アガージュは言葉のとおり1メルほどの距離までシュニーに近づき、鼻をひくつかせた。武器の近くに鼻を寄せなくてもわかるようだ。

シュニーの今のメイン武器は『蒼月』だが、当時は持っていなかったのでアイテムボックスからかつて使っていた武器を取り出している。

「間違いない。本物だ」

ジラートの後ろで控えていたときに嗅いだものと同じにおいがすると、アガージュは言い切った。

「それにしても、よく覚えていたもんだね」

「ジラート様やライザー様のような方々は、においが独特なんだ」

強い弱いなどではなく、雄大でありながら同時に強大な気配がにおいとともに全身を駆け抜けていくらしい。人によって感じ方は違うようで、アガージュはそう感じると言う。

嗅覚の鋭いビーストはにおいで相手の強弱を測ることもあるので、それが影響しているのかもしれないとシュニーが補足した。

「では、私は本物ということで話を進めさせてもらいます」

「それで構わん。で、耐毒装備を提供してくれるとかいう話じゃったか」

「ええ、高位の冒険者であったならば、選定者の意味は知っていますね？　彼は上級選定者であり、神話《ミソロジー》の装備すら製作できるほどの鍛冶の腕があります。バオムルタンの素材を使ったものよりも、効果の高い耐毒装備が製作可能です」

「じゃろうな」

程度の違いはあれどもシュニーの言葉に驚きを見せる面々だったが、ガロンだけは違った。鍛冶に精通したものが多いドワーフゆえか、シンが鍛冶師だと見抜いていたようだ。

「あなたも鍛冶を？」

「おう、こやつらの武器は大半がわしの作品じゃ。じゃが、お主と比べられるほどではないのう。お前さんらの装備は、すべてお主が作ったもんじゃろう？」

ガロンはシンのほうを見ながら、迷いのない口調で言う。装備の製作者がシンだとわかるらしい。

カマかけかとも思ったが、その目は真剣そのもの。ガロンなりの確信があるとわかった。

「それだけのもんを作れるんじゃ。わしがバオムルタンの素材から作るつもりの装備よりも上のもんを作れても、驚きはせんな」

「なら、話は決まりで？」

「……ひとつ確認したいことがある」

手を挙げたのは双子の魔導士だ。

「何で助けてくれる？　そこまでする必要はないと思う」

「追い返すだけなら簡単。バオムルタンを守るなら、それだけで十分」

質問を促すと、２人は淡々としゃべった。

「そうだな。戦ってるのを見て命懸けなのはすぐにわかった。戦う理由も聞いた。助けられそうだった。助け舟を出した理由なんてそんなもんだ。あとは、ドゥーギンの動きが気になるっていうのもある。つまりはまあ、お節介だな」

誰を助けて誰を助けないか。そこに明確な基準はない。結局のところ、シンがどう感じたか、どう思ったかによるところが大きかった。目に映るすべてを助けようなどとは思っていない。

「納得してもらえないか？」

助けられる側からすれば、シンの言葉は軽く感じられるだろう。実際、双子の表情は晴れない。

「人が人を助ける理由など、それで十分だろう」

シンの言葉に最初にうなずいたのは、マフロフだった。

「われらとて、同じようなことはしてきた。今回は、世話を焼かれる側だったというだけだ」

「そうじゃのう。かか、言われてみればそのとおりじゃて」

中身は違えども同じようなことをしたことがあるのだろう。マフロフの言葉にガロンも笑いながら同意した。その横ではアガージュが無言でうなずき、リーシャは少し呆れ気味だ。

「皆、異論はないいな？　では、詳しい話を聞かせてくれい」

ガロンたちなりに納得できたようで、話を進めるように言ってくる。

「鍛冶は俺の担当だから次は俺から話すぞ。ま、話といっても、最初に言ったとおりだ。俺たちから耐毒装備を提供する。だから、バオムルタンの討伐はなしにしてほしい。あとは、ドゥーギンについて調べたいので、国まで同行させてほしいといったところだ」

複数の状態異常耐性がついている装備は、この世界では恐ろしく貴重だ。

しかし、今回のようなひとつの状態異常に特化しているものならば、そこまでではない。

それでも相応のレアものになるが、ガロンたちの覚悟を見た以上、シンも手を抜くつもりはなかった。

後者については、思いつきで足したものだ。ただ、思いつきとはいえ軽い気持ちで言ったわけではない。

理由もなくドゥーギンが人の住む町を襲うとは思えなかったし、バオムルタンと関わった今というタイミングでドゥーギンの話がやってくるというのは、もう何もしなくても関わらざるを得ないのではないかと考えさせられる。

「わしらにとっちゃ何の損もない話だ。だが、本当にいいのか？　単なる人助けという話ではないぞ」

「まあ、俺たちだって一から十まで善意でというわけじゃない。ドゥーギンとバオムルタンは無関係とは言えないからな。もし何かあったなら、それを知れるだけでも俺たちには価値があるんだ」

それだけで十分だとシンは答える。

湖の中にドゥーギンの亡骸があることを、ガロンたちは知らないだろう。

関係があるのかないのか。それだけでもわかればいい。できれば関係がないほうがいい。

「情報か。確かにそれが重要ではないとは言えんな。話の腰を折ってすまんかった。それで、耐毒装備はいつごろできるんじゃ？　急かすようで悪いが、なるべく早く国に戻りたい」

「ものはもうある。あとは装備して調整が必要なら俺がする」

そう言って、シンは懐から――と見せかけてアイテムボックスから――カードを取り出す。

特定の状態異常に特化した敵を倒すうえで、その耐性に特化した装備は欠かせない。試しに作ったものから完成品まで、シンのアイテムボックス内には様々な装備が入っているのだ。

そんなシンに対して、困惑するのはガロンたちである。

「カード化した装備か。お前さんたちならアイテムボックスを持っとっても驚かんが、こうもあっさり出てくるとなんとも言えん気分じゃ」

「こんな場所にいるからな。いろいろ作ったんだよ。そんなことより、装備して違和感がないか確かめてくれ。急ぐんだろ?」

「そうじゃな。今は細かいことはなしじゃ」

ガロンの言葉に他のメンバーもうなずく。

男性陣はその場で、女性陣は他の部屋で装備を替えることになった。

「——すごいな。サイズを調節してくれる装備を使ったことはあったが、これほど違和感がないのは初めてだ」

「ふむ、今使っている装備とも遜色《そんしょく》ない」

アガージュとマフロフが、軽く動いてから言った。

ガロンも同じことをしていたが、こちらはなんだか難しい顔をしている。

「何か違和感があったか?」

「いや、違和感なんぞ欠片もないわい。見事としか言えんな」

シンが聞くと、返ってきたのはアガージュたちと同じ内容だった。

少しして、女性陣も装備を替えて部屋から出てくる。こちらも問題ないとのことだった。

「じゃあ、このままパッツナーに向かうか。話し合いで時間をとらせたしな」

いつドゥーギンがパッツナーを襲うかわからないので、すぐに移動することを決める。シュニー・ライザーの仲間なら多少おかしなことをしても大丈夫と、改造した馬車を出した。

ドゥーギンがパッツナー以外襲わないという保証もないため、バオムルタンが弱っていることも鑑みてシュバイド、ティエラ、カゲロウには残ってもらうことにした。

シンたちが止めに入ったことを理解しているのか、外に出てもバオムルタンは攻撃してはこなかった。地面に身を預けたまま、ティエラに撫でられているのを見て、シンはほっとする。

「何かあったら、すぐ連絡してくれ」

「承知した」

馬車はユズハに引いてもらう。シンたちに続き、ガロン一行が乗り込んだのを確認して出発した。

「これは、浮いているのか？」

「振動がほとんどないせいだろう。しかし、これは鍛冶の技なのか？」

あまりの揺れの少なさに、アガージュたちが先ほどとは違う意味で困惑していた。

†

バオムルタンの領域を抜けた一行は、一日とかからずにパッツナーに到着していた。

出発した時間が昼を過ぎていたのでさすがに日は落ちてしまったが、通常の馬車では数日かかることを考えれば驚異的な速さだ。

ガロンたちも移動用に馬車を用意していた。しかし速度が違いすぎるので、馬を放して馬車と荷物だけ回収している。馬はパッツナーに戻るよう調教されているらしい。

シュニーの仲間ということでアイテムボックスを解禁したので、荷物はすべてカード化している。

「早いとは思っておったが、これほどとはのう」

「我らが走るよりも早いだろうな。引いているのがテイムされたモンスターだとしても、驚くべき速度だ」

カゲロウはティエラとともにバオムルタンの領域に残っているので、今馬車を引いているのはユズハだ。緊急事態ということで、あとで何か言うことを聞くのを条件に引いてもらっている。

体格こそ3メルほどと本来の姿よりかなり小さいのだが、その力は牽引力に特化した動物だろうと足元にも及ばない。

もし普通の馬車を同じ力で引いたら、牽引用のロープ以外は粉々になるのは間違いない。それほどの力で引かれている。

普通の馬車以上に安定しているのは、シンがいろいろと改造しているからだ。

「さすがに夜は入れないか?」

「いや、門の閉まる夜でも入れるよう手配してもらっとる。この距離なら見張りも気づいとるだろう。わしが行って話をつけてくる。ちょっと待っとれ」

戻ってくる前にドゥーギンの襲撃を受けた、なんてことはなかったようだ。立派な城壁や物見櫓、そしてそれを守る兵士たちが見える。

向こうもこちらに気づいていたようで、ガロンが手を振りながら近づいていくと、何人かの兵士が慌てた様子で接近していった。

篝火《かがりび》が焚かれているとはいえ、この世界の夜は闇が深い。モンスターが寄ってきたと思われないように馬車の周囲は光球で照らしていたので、近づいているのが誰なのかすぐにわかったのだろう。

「こんなやり方をすると、普通はモンスターに襲われるんだけどね」

道中のことを思い出して、リーシャが呆れたように言った。夜はモンスターたちの時間だ。モンスターでなくとも、夜行性の動物は多い。普通の旅人は、モンスター避けのアイテムを使い、かつ見張りをして夜を明かす。夜に移動する場合は極力音を消し、気配を消し、見つからないように進むのだ。

上級選定者ならシンたちと同じことができないわけではないが、それでも自分たちの周りを光で照らしながら猛然と突き進むなど、この世界の常識では考えられないことらしい。

「あれほどの従魔が引いているんだ。もしダンジョンボス並みのモンスターがいたとしても、道をあける以外にないだろう」

リーシャの言葉を聞いたアガージュが、ユズハに目を向けながら言った。

狼のビーストであるアガージュは、馬車を引くために子狐モードから今の状態になったユズハを見たとたん、雷に打たれたかのように全身を震わせ、膝をついて涙を流し始めたのだ。

何か感じ入るものがあったらしい。力も本来の状態に近づきつつあるので、似た系統のモンスターやビーストにだけわかる特別な気配でも発しているのかもしれない。

ちなみにユズハのほうは、泣き出したアガージュを見てなぜか肉球でその頭をぽんぽん叩いていた。

シンはすぐにやめさせた。

「あ、大丈夫だったみたいよ」

手を振りながら近づいてくるガロンに、同じように手を振り返してセティが言った。

「待たせたのう。それでじゃ、王に事情を説明するから一緒に来てほしい。わしらの言うことを疑うような方ではないが、当事者なしではちと信憑性がのう」

離れた場所から情報のやり取りができるアイテムを持っていたようで、先に帰還する旨を連絡していたらしい。

あまりにも早い帰還に、パッツナーの王は何かアクシデントがあったのではないかと心配しているようだ。ガロンも掻い摘んだ説明を書いたようだが、猛毒地帯の中で人に会ったというところからして普通ではないので、誰かしらに来てほしいようだ。

シュニー・ライザーの名前を出しているので不審がられることはないと思っているが、だからといって、ガロンたちに対応を任せて勝手に動くわけにもいかない。

事が事だけに会って会話をしなければならないとは思っていたので、シンはガロンの頼みをふたつ返事で了承した。さほど大人数というわけでもないので、全員で行くことに決める。

「あと、わしらが出発してから戻るまでの間に襲撃はなかったとのことじゃ」

ガロンたちがシンたちと出会い、戻るまでに7日かかっている。前回の襲撃でドゥーギンに大きな傷を与えたわけでもないので、この間はなんなのだろうかとシンは考えたが答えは出なかった。

門番や夜勤の兵士の視線を受けつつ、シンたちはパッツナーへと入る。王城ではすでに王が到着を待っているとのことだったので、ガロンたちとともにすぐに向かうことにした。

「暗いわね。ドゥーギンに備えて、街灯は消しているの？」

「よほど大きな都市でもなければ、夜は大体こんなもんじゃろ。嬢ちゃんの言うがいとう？ってのは、なんなんじゃ？ 話からして光を放つモノっちゅうのはなんとなくわかるが」

ガロンの口ぶりから、夜道を照らすような設備はないことがわかる。

今はセティが光球を出しているので明るいが、それ以外では家から漏れだすかすかな明かりが道を照らすだけだ。人々が寝静まる時間帯になれば、さらに明かりは少なくなる。

思い返してみると、シンが訪れた街の大半は似たようなものだった。

明るいのは主に夜に営業している店やその周辺くらい。どこも通りによってはほとんど真っ暗闇なんてことも珍しくなかった。

基本的にこの世界の住民は夜に出歩くことはあまりしない。皆無ではないが、やはり明かりがほとんどない夜はいろいろと危険が多いのだ。

セティが光を放つ魔道具を等間隔で通りに設置し、夜道を照らすといった説明をすると、ガロンだけでなく他のメンバーも驚いていた。

「一晩中つけっぱなしか。恐ろしく魔力を食いそうじゃな」

「それを街全体なんて、何人魔導士が必要になるかわかったもんじゃないね」

ゲーム時は魔力供給のことなど気にする必要がなかったので、それこそ現実世界のように街はライトアップされていた。通りから外れた裏道となるとさすがに薄暗かったが、ほとんど真っ暗なこの世界の夜の光景に比べれば、十分明るいと言えるレベルだった。

「『栄華の落日』が起こる前の世界か。見てみたい気もするが、わしらにとっては御伽噺と同じじゃからな」

当時のこと、とくにプレイヤーたちのホームタウンの様子を知っているのは、長命種の中でも一部の者だけだ。

ホームタウン内でもNPCは多くいたが、『栄華の落日』後の混乱で命を落とした者も多く、長命種でも当時を知らない者は珍しくない。短命種ならなおさらだ。

500年以上前となれば、話を聞いても実感は湧かないだろう。

「さて、まだまだ話したいことはあるが、この後は少し控えてくれ。一応、王の御前に出るのでな」

「一応って……」

「シュニー・ライザーがおるんじゃぞ？　立場としては、お主らのほうが上じゃろうよ」

ガロンの言うとおり、戦闘力という意味でも、各国への影響力という意味でも、シュニーの立ち位置はパッツナーのような小国の王より高い。とくに今回は、国の危機を救ってもらわなければならないので最大限の歓待をするだろうとガロンは語った。

「でも、そんなことしてる余裕あるのか？　影響はないだろうけど、空気中にはまだ少し毒が残ってるぞ」

「戦いの後のことを考えているのですね？」

「そうじゃ。それに、お主らの機嫌を損ねれば国が終わりかねんのだぞ？　同じ立場なら、わしでも同じことを考えるわい」

シュニーの言葉に同意して、ガロンは話を続ける。

「我々も目的があって手を貸すのですから、とくに必要ないのですけどね」

「ああ、わかっとる。そう言うだろうと思って伝えてはあるが、やはり何もしないわけにもいかんのだ。この先、ライザー殿が来たことはある程度の階級の者には知らされるだろう。他国と繋がりのある者もおる。お主らは気にせんでも、周りのもんはライザー殿を招いておいて歓待のひとつもしなかったと悪いほうに解釈しかねん」

シュニーが味方になった時点で、ドゥーギン撃退後に目を向けているようだ。能力を鑑みれば当然だろう。シンたちの想定どおりの能力ならば、ドゥーギンが複数まとめてきてもシュニーには勝てない。それゆえに、戦いの後のことを考えなければならないのだ。

「政治ってやつか」

「悪いとは思うがのう。そのあたり、察してくれるとありがたい」

王族の立場では、避けて通れないのだろう。なんやかんやで王族の知り合いもそれなりにいるシンである。ガロンの言うこともわからなくはない。

城の門まで着くと門番とガロンが話をする。話は通っていたようで、すんなり通ることができた。ただし、シンたちが来ていることは大々的に発表していないので、通ったのは門番用の小さな門だ。

「……なあ、シュニー。毒が濃くなってないか?」

「はい。城に近づくにつれて、少しずつ濃くなっているように感じられます」

「なんじゃと!?」

シンの疑問にシュニーが肯定を返す。

その会話を聞いたガロンたちも、顔色を変えた。城に近づくほど毒が濃くなっていくということは、発生源が城にあると考えるのが普通だ。

王を初めとした国の舵取りをする者たちが集まる場所が毒の発生源となっているなど、間違いなく非常事態だろう。

「でも、門番の人は体調が悪そうには見えなかったわ。城の中に毒が充満していたら中の人だってただじゃすまないし、門番だって普段どおりにはしてられないだろうし。まったく気づかないなんてことがあるかしら？」

「気づけないようにされてるんだろうな。ほら、この感じ」

セティの指摘に、シンは城に向けていた目を細める。毒が充満していても見た目はただの城。だというのに、そんなシンの肌をぴりりとした刺激が走る。

「精神系のスキルですね。ちょっとした違和感をなくす程度の弱いものですが、選定者でなければ感覚を騙すくらいは問題ないでしょう」

「そっか。精神系スキルにレジストするときの感覚ってこういう風なんだ。前とは少し違うわね」

妖精卿に住んでいたセティは、『栄華の落日』後に精神系スキルを受けたのが初めてだという。ゲームのときとは感じ方が違うようだ。

「お主らなんでそんなに暢気《のんき》にしとるんじゃ。少しは焦らんかい」

シンたちの様子にさすがに黙っていられなかったようで、ガロンが話しかけてくる。

だが、当のガロンも慌てて城内に向かうようなことはしていない。非常事態に不用意に動くことの危険性をわかっているのだ。

「中の様子は探ってるよ。動いているやつはほとんどいないみたいだ」

マップと気配察知などのスキルを併用することで、城に入らずに中の様子を調べることができる。

多少動いている反応もあるが、かなりゆっくりだ。毒のせいで体が満足に動かせないのだろう。

これもシンがあまり焦っていない理由のひとつだ。

城に充満しつつある毒は致死性のものではなく、麻痺毒という相手の動きを阻害することが目的の毒だった。

ステータスが低かったころはこういった毒に世話になっていたので、よく知っているのだ。

「麻痺毒か。わしらも自覚症状がないんじゃが、これは麻痺も防いでくれるのか？」

シンが毒の種類を説明すると、ガロンたちもなるほど、とうなずいた。即座に命に関わるものではないからだ。

もちろん、悪意ある者がいれば動けないだけで十分脅威だが、まともに動いている者やモンスターの気配はない。

「毒特化だから、単純に相手を麻痺させる魔術とかスキルを使われるとほとんど効果はないんだ。ただ、今回は毒系の麻痺だから効果がある」

状態異常の毒は、単純にＨＰを削る。しかし、アイテムとしての毒となると少し毛色が異なる。

ハイドロやオキシジェンが使う状態異常攻撃もこれに近く、相手に与える効果とそれを防ぐための対策がずれているのだ。

今回の場合なら、麻痺の効果を受けるのを防ぐには毒対策が必要になる。

逆に麻痺対策をしていても今回の麻痺は防げない、とまではいかないが、完全に防ぎきることもまたできない。状態異常攻撃が嫌われる理由でもある。

実際に毒を使用していたシンも、最初は説明を読んでも運営の意図がわからず、「なんで防げないんだ。意味がわからん」とぼやいたものだ。

「まずは王様のところに行こう。途中で人が倒れていたら助けるってのでどうだ？」

「他のやつらには悪いが、王を優先させてもらうしかないのう。皆も構わんな？」

ガロンの問いにパーティメンバーがうなずく。

シンが先頭に立って進むと、すぐに倒れこんだ兵士たちを発見した。周辺の毒をスキルで消し、毒の影響でわずかに失われていた体力も回復して覚醒させる。

意識を取り戻した兵士に話を聞くと、朝から体調が思わしくなく、夜になり警備をしていると突然手足が痺れだしたという。そこからは記憶が途切れているらしく、以降は何が起こったかわからないようだ。

「時間を考えるに、わしが連絡した後か」

「だろうな。遅行性の毒だから、症状にも個人差があったろうし。それにしても、兵士が動けないなら何かするには絶好の機会なのに何も起きてる様子がない。どうなってるんだ？」

兵士には一定時間毒を緩和するアイテムを渡し、外に出るように言って別れた。さすがに助けた兵士たちを全員引き連れて移動するわけにもいかない。

「この先は王が使っている部屋がある。おそらくそこにいるはずじゃが、反応はあるか？」

「通路にある反応が警備の兵士か侍女だと仮定すると、ふたつ先の部屋に反応が5つ。となりにふたつ。このどっちかだと思う」

マップや気配察知では会ったこともない個人を特定することは難しい。王がいる可能性のある部屋をシンが調べることで、多少は早くなるだろうといったところだ。

今回はうまくいったようで、5つの反応があった部屋に入るとガロンが倒れている中でひときわ豪華な服装の男を抱き上げた。その男がパッツナーの王らしい。他の反応は王妃と護衛の近衛兵だ。

解毒した上で回復を施すと、全員がすぐに意識を取り戻した。

「ガロンか。どうやら、また助けられたようだな」

「いや、今回はわしらの手柄ではないんじゃ。彼らの助けがなければ、わしらもやられていたわい」

体を起こした王にガロンがあらためて伝える。

「そなたらが、ガロンの言う協力者か」

王はまず先頭にいたシンを見て、そのまま後ろにいたメンバーにも目を向ける。そして、ゆっくりと膝をついた。

「お初にお目にかかる。私はパッツナーの王、グラフィオル・パッツナー。シュニー・ライザー殿のご高名はかねがね。此度もわが友のために力をお貸しいただいたようで、感謝の念にたえませぬ」

一国の王がただの個人に膝をつく。本来ならばまずあり得ないことだ。

しかし、シュニーならばあり得る。すべての国で、というわけではないということだが、それでも小国ならばほとんど王と同じかそれ以上の立場として扱われるのだ。

「挨拶はそのくらいでいいでしょう。それよりも、倒れる前のことをできるだけ詳細に教えていただけますか？」

「わかりました。とはいえ、あまり有力な情報はありませぬな。もともと少し体が重い程度には感じていましたが、それ以外は何も。倒れるときも、侵入者など見ておりませぬし、薬を嗅がされた覚えもありませぬ」

本当に唐突だった、とグラフィオルは語った。

話の内容は兵士と同じだ。違いと言えば、多少グラフィオルのほうが倒れる時間が遅かった可能性がある程度。手がかりはほとんどない。

「結局、城の中の人たちを痺れさせただけってこと？　犯人は何を考えているのかしら？」

「王城内の人間だけを動けなくすることの意味か。重要人物の誘拐《ゆうかい》？　いや、それならこの毒をもっと強力にしてそいつだけ攫《さら》えばいいか。アイテムを盗み出す……国の中枢を麻痺させることそのものが目的……あとは……」

シンは思いつくことを口に出していく。

「この国に、他の国にはないような貴重なアイテムや素材がありますか？」

「いえ、思い当たるものはありませぬな。宝物庫の中には確かに貴重な品も多いですが、これほど大掛かりなことをしてまで奪いに来るものはないはず。むしろ、ガロンたちが身につけている装備のほうが、よほど貴重でしょうな」

装備以外のアイテムもあるようだが、すさまじく貴重と言えるほどのものはないとグラフィオルは言う。

「本来の効果に気づいていないだけかもしれません。確認させてもらっても？」

「構いませぬ」

他国の者ならばさすがに簡単にはいかないが、シュニーやその仲間にならば見られても問題ないとグラフィオルはうなずいた。

「だったら、そっちはシンとシュニーに任せるわ。私とセティは、倒れてる人たちを回復して回るから」

「そうですね。私たちのほうでも、目に付く範囲で治療しておきましょう」

シュニーとセティはもともと、パーティ戦で回復役を担うことも多かった。なので２人が別々に行動するというのはいい手だ。

今回の毒ならば、フィルマでも問題なく回復できるので、セティの負担も軽減できる。

「ユズハはここで皆を守ってくれ。まだ毒をまいたやつが中にいないとも限らないからな」

「くぅ！」

子狐モードだったユズハが一声鳴いて２メルほどの大きさになる。グラフィオルたちは驚いていたが、従魔であることを伝えるとすぐに納得した。回復系のスキルも使えるので、もし他の毒がまかれても安心だ。

「目録か何か、ありませんか？」

「資材保管の担当者ならば持っているはずですが、担当の部署にいなかった場合、行き先の見当はつきませぬな」

シュニーの仲間だからか、シンの問いにもグラフィオルは丁寧に応えてくれた。

部署の場所を教えてもらい、もしいなければ宝物庫に行って侵入者の痕跡《こんせき》がないかだけチェックすることにする。

シンとシュニーは、通路に倒れている兵士や官僚の治療と毒の除去を平行して行いつつ、目的の場所にたどり着いた。

中で倒れていた者たちを治療し話を聞くと、運良く保管および保全の担当官がいることがわかる。

突然現れたシンたちを警戒していた官僚たちだったが、近衛が1人同行してくれていたので王から直接許可をもらっていることが伝えられ、すぐに行動を開始することができた。

「失礼だとは思いますが、宝物庫はこっちで間違いないんですよね？」

「はい。そうですが、何か気になることでも？」

「ええ、まあ」

保管場所に案内してくれている担当官に、シンは曖昧に笑った。

シンの感覚に間違いがなければ、進むほどに毒が濃くなっている。それはつまり、毒の発生源に近づいているということだ。

近衛兵には一定以下の毒を無効にするアイテムを渡してあるので問題はない。

同行している担当官にもその旨は伝えてある。担当官はアイテムの範囲内にいるので、毒が濃くなっていることに気づけないのだ。

毒の除去は引き続き行っているので、シンたちが通った通路は毒が消えている。

「ここで間違いなさそうだな」

「はい。ここならば、偶然誰かが見つけることも少ないでしょう。鍵を開けた痕跡も残っています」

シンの目にはスキルを使って開錠した痕跡――赤い手形で表示される――が鍵にべったりと残っている様がはっきりと映っていた。シュニーにも同じものが見えているはずだ。

「痕跡、ですか……？」

スキルの使えない近衛兵や担当官は、鍵をじっと見ながら難しい顔をしていた。

鍵についた指紋を見ているようなものなので、何も使わずにいればただの鍵にしか見えないので仕方がないだろう。

「これだけはっきり残ってるってことは、これをやったやつは痕跡を見つけられるはずがないと思ってるってことか？」

「もしくは痕跡を消すような能力がなかった、といったところでしょうか」

この手のスキルは盗賊系の職についていたプレイヤーならばたいていは持っている。ただ、今回のような開けて終わりというわけにはいかない場合は、開けたことを悟られないように痕跡を消すスキルを使うものだ。

使うのは主に、ＰＫや人相手に泥棒行為をするプレイヤーである。

鍵開けの技能に特化するプレイヤーも少なくはないが、そうなると今度はここまではっきり痕跡が残っていることが不自然だ。

腕前が上がるほど、痕跡は少なくなる。シンの経験では、ここまではっきり痕跡が残るのはスキルを使い始めたばかりの素人に多いはずなのだ。

「中の配置ですが、こちらから奥に行くにしたがって価値の高いものが並んでおります。また、武具やそれに近しいものは右の列、それ以外のものは左の列となっています」

鍵を開けて宝物庫の中に入る。担当官の説明を聞きながら、シンは毒が濃くなっているほうへ進んだ。

宝物庫は入り口から奥へ奥へと伸びる長方形の形をしている。

シンが立ち止まったのは、部屋の中間あたりだ。貴金属の並べられた一角に近づくと、そのうちのひとつ、紫色の宝石がはまった首飾りの載せられた台の両端を掴み、移動させた。

「これは……」

近衛兵と担当官が息を呑《の》む。台座の下には、毒々しいという言葉がぴったりの色合いをした石のようなものが置かれていた。

拳大の正八面体で、よく見るとかすかに光を透過している。おそらく元は宝石だったのだろう。手にとって解析系のスキルを行使する。罠がなく、シン自身には毒が効果を及ぼさないことがわかっているからこその所作だ。

「宝石に麻痺毒が付与してある。けど、それだけだ」

これだけでは城全体に毒を広げることはできない。ふと気になったシンが台座を解析すると、こちらに麻痺毒を拡散させるための付与がされていた。

「とりあえず、回収しておこう。カード化してしまえば、毒は出ないからな」

宝石と台座はシュニーがアイテムボックスに収納する。他にも何か仕掛けられていないか調べたが、それらしきものは見つからなかった。

『これを仕掛けたやつは、何がしたいんだろうな?』

シンは心話でシュニーに話しかける。何かやるなら今だろうというタイミングで、行動を起こさない。あからさまなくらいはっきり残った痕跡。それらが違和感となっていた。

『毒が付与されていた宝石は解析ができなかったということですし、何かの実験をしているのかもしれません』

毒が付与されていた宝石は、その種類がシンにもわからなかった。その見た目から宝石と考えているが、もしかすると鉱石の類ではない可能性もある。

どこかバオムルタンにもらった宝玉に近い気もしたが、近衛兵や担当官が一緒のこの場で見比べるわけにもいかない。まずは報告だと、シンたちは王のいる部屋に戻った。

「毒を発生させるアイテムですか。まさかそのようなものが」

話を聞いたグラフィオルは厳しい顔で考え込んだ。

『今回のこと、瘴魔《デーモン》が関係していると思うか？』

グラフィオルが考え込んだタイミングで、シンはシュニーたちに心話を繋げた。パーティを組んでいるので離れているシュバイドにも声が届く。

『ひあっ⁉　な、なに？　何でシンの声がするの⁉』

だが、誰かが返事をする前にティエラの困惑した声が響いた。

今回シンが使ったのはゲーム時代のシステム、俗にいう旧世代の能力であるチャット機能であり、新世代に分類されるティエラには繋がらないはずだ。

しかし、パーティ全体に向けたチャットは間違いなくティエラにも繋がっている。

混乱しているティエラの声を聞きながら、マリノとひとつになった影響か？　とシンは考えた。

もともとティエラ個人に向けてチャットを繋げる機会などなかったので、どの時点で可能になったのかはわからない。

ただ、それらしい出来事といえば、やはりあれだろうと思うのだ。

『うう、恥ずかしい……』

シンたち限定とはいえ、チャット機能に慣れるまで、心の声が一字一句漏らさず公開されるという苦行を体験したティエラの声が届く。

シュバイドによると、頭から湯気でも出るんじゃないかというレベルで真っ赤になっているようだ。バオムルタンも心配そうにしているらしい。

『あー……悪かった』

繋がると思っていなかったとはいえ、原因はシンなので素直に謝る。

『もう、その話題には触れないで』

『わかった。ええと、それでだ。瘴魔《デーモン》についてなんだが、みんなはどう思う?』

か細い声で懇願され、シンはあとで何か詫びをしないとなと思いつつ話題を変えた。

すでにグラフィオルたちも立ち直り対策を話し合っているので、対応を間違えないように気をつけながら会話を続ける。

『違和感はあるな。今まで見てきた瘴魔《デーモン》ならば、好機とあらば動かぬはずがない』

シンたちが来なければ、城の中に動ける者はいなかっただろう。何かの仕込みだとしても、まったく動きがないのは妙だ。

さらに言うなら、見つけた宝石や台座からは瘴気がまったく感じられなかった。

『宝物庫に侵入した者は、操られていたのかもしれませんね。それならば、瘴気が感じられなかったことも納得できます。ただ、何をどこまでできるのかわかりませんが』

シュニーはかつてベイルリヒトで、シンと第2王女であるリオンを聖地へと転移させた、グレリール枢機卿《すうききょう》を思い出しているようだ。

彼は複数の状態異常を付与され、知らぬ間に協力させられていた。

『あのときのね。でも、今回はあのときよりいろいろと手が込んでるし、もしいるとしたらもっと頭がいいのよね？　それなら、わざわざからめ手を使わなくてもいいんじゃないの？』

『むしろ知能が高いからこそ、苦しめようとしてるっていうのはどう？』

ティエラの発言を受けて、セティが自分の考えを述べる。これも実際あったことだ。

教会の聖女を誘拐した瘴魔《デーモン》は、あえて人が苦しむよう仕向けていた。

やろうと思えば簡単に殺せるにもかかわらず、それをしない。そういうやつもいるとシンたちは身をもって知っていた。

『今まで戦ってきたやつらのことを考えれば、以前とはやり方が少し変わってるところもある。俺たちの知らないような能力を使うやつもいるのは、たぶん間違いないだろう。できることは少ないけど、何か気がついたことがあったらすぐに情報を共有しよう』

いつまでも心話で会話していると、グラフィオルたちとの話についていけなくなるので、シンはいったん心話をやめた。

シュニーは苦もなくやっているように見えるが、シンには別々の会話を並行して続けるのは難しい。とくに今回はいろいろと考えることが多いので、うっかり話す相手を間違えるかもしれなかった。

グラフィオルたちとの会話の主役がシュニーだから、何とかなっているようなものだ。

「解毒はアイテムも使って大勢で行いましょう。瘴魔《デーモン》が何かしてくる可能性もありますが、私たちが個別に行っていては城内の機能が麻痺したままになってしまいます。それに、毒で死なない人がいないとは言い切れません」

「やむを得ませんな。もし敵が城の外で何かをしようとしているならば、時間をかけるのはむしろ相手の思うつぼ。悩ましいところですな。しかし、瘴魔《デーモン》とは。伝承の中だけの存在だとばかり思っていましたが」

シンたちはよく関わっているので当たり前のように話していたが、この世界で瘴魔《デーモン》の活動を知っていたり、見聞きしたりしている人物は少ない。

グラフィオルのような王という立場でも、それは変わらなかった。

この騒動が終わったら、瘴魔《デーモン》が活動を再開していることを周知する必要があるとシンは思った。

話の後は、すぐ毒の回復を行う。範囲は広いが、毒自体はそれほど強力なものではない。

シンが解毒用アイテムをスキルで一気に作製し、それを回復した兵士たちに持たせた。セティたちにも引き続き解毒と毒の消去を行ってもらう。

回復された兵士がそのまま回復させる側に回るので、城内の兵士たちが復活するまで長い時間は必要なかった。

メニューに表示される時間では、まだ夜の10時過ぎといったところ。

パッツナーに着いたのは7時を過ぎたくらいだったので、城に向かってからここまでおよそ3時間。実際に解毒作業に費やしたのは2時間ほどだ。

「ドゥーギンが来るかと思ったけど、今のところ襲撃はないな」

「そうね。結局何のために毒なんてまいたのかしら。襲撃はない。何もとられてない。誰かが攫われたわけでもない。なんだか、たちの悪い悪戯みたいね」

シンたちのために用意された部屋の窓から空を見つめて言ったシンに、椅子に座っていたフィルマが首をかしげながら相槌を打った。

個室をあてがわれているが、話し合いもかねてシンの部屋に集まっている。

「ある程度知性があるなら、私たちの存在を察知して姿を消したって考えも……？」

「でも、私たちが来る前に毒はまかれてたんだし、ちょっと無理がない？」

さほどレベルの高くない瘴魔《デーモン》ならば、シンたちの戦力を見るなり感じるなりして逃げることもあるのではと、フィルマが思案顔で言う。

セティが指摘したとおり、筋が通らないと自分でも思っているようだ。

「とはいえ、無差別なテロ行為というには、内容が大人しすぎます。もしかすると、首謀者は瘴魔《デーモン》ではないのでしょうか」

「可能性はあるよな。悪いことは全部瘴魔《デーモン》のせいっていうのも、考えてみればおかしな話だ」

シュニーの発言に、シンも同意する。

モンスターという脅威が常に身近に存在するこの世界だが、決して国家間における戦争がないわけではない。

今は各国の力関係や隣接する地域の関係で大規模な戦争が起きていないだけ。

『栄華の落日』直後は、一部の地域では小規模国家が乱立するということもあったと、かつてシンが見た資料には記されていた。

他国の工作員による犯行という線も、まったくないとは言い切れない。それでも、工作員の仕業なら仕業で、またいろいろと疑問が残るのだが。

「でも、瘴気は感じないけど変な気配はする。なんだか、混ざってる？」

シンたち以外に人がいないので、ユズハも人型になってしゃべっている。シンの隣でソファーに座りながら、首をかしげていた。

ユズハも瘴気の気配を感じられるが、断言できるほどのものは感じないようだ。ただ、何の気配もしないわけではないらしい。

「混ざってるっていうのは、どういう感じなんだ？」

感覚的なものなので難しいだろうとシンは思ったが、それでも説明できないかユズハに頼んだ。

「瘴気に近い負の感情……みたい？」

強い澱《よど》みではなく、うっすらとした残滓《ざんし》に近い感覚らしい。

シンやシュニーが感じられなかったのは、瘴気ではないことに加えて、それがかなり希薄だからではないかとユズハは言う。

「時間が経ちすぎて薄くなったのか、もともとそういうものなのか。これもわからずじまいか。でも、少なくとも俺たちに好意的じゃないことだけは確かだし、ドゥーギンが理由もなくパッツナーに来てるわけでもないことだけは間違いない」

原因まではわからないが、何者かが動いているのは間違いないのだ。

ドゥーギンもまた、バオムルタンと同じ世界に必要な存在。できることなら、何とかしたいとシンは思う。

「とりあえず、今日はこのまま警戒していよう。交代で睡眠をとろうと思うんだが、どうだ?」

シンの問いに、全員が問題ないとうなずく。ローメヌンではしっかりと睡眠をとっていたので、体調もばっちりだ。

眠気を感じなくなるアイテムなんてものもあるにはある。

しかし、シュバイドいわく、便利ではあるが疲れがたまりやすくなったり、集中力が途切れやすくなったりするので、休めるうちは休んでおいたほうがいいという。

こちらに来てから使ったことはなかったので、シンは使用経験のあるシュバイドの意見に素直にうなずいた。

モンスターが近づいてきたら知らせてくれるスキルもある。

念のため誰かが起きているようにはするが、全員が無理に起きている必要はないだろう。

「まずは俺と――」

「私が」

シンが言う前にシュニーが立候補する。うなずくフィルマとセティは微笑ましいものを見るような目を向けていた。

「ユズハも起きてる」

ぽてんとシンに寄りかかりながら、ユズハも言う。力もだいぶ戻り、半ば大人モードのような姿なのだが、仕草はまだところどころ子供のような部分があった。

子供のときと比べて背も伸びているので、ぴんと伸びた狐耳がシンの耳に当たる。時折かすかに動くそれが、シンには少しくすぐったく感じられた。

「あらあら、これはシュニーも油断できないんじゃない？」

「問題ありません。シンは無節操な人ではありませんから」

少し茶化した様子のフィルマに、シュニーは微笑を浮かべながら冷静に返す。態度や雰囲気が、信頼という言葉を全力で表現していた。

「以前のシュニーなら少しは慌てたのに、この笑顔と余裕……やっぱりやることやってると違うわね」

「こっちのほうがシュー姉らしい気もするけどね。捕まえたら逃がさないんじゃなくて、逃げようと思わせなくするタイプだし。きっとシンはもういろいろと掴まれてるに違いないわ。胃袋とか」

「2人とも、あまり好き勝手なことを言っているとこちらにも考えがありますよ?」

シュニーのまとう雰囲気が変わった。

さすがにこれ以上はまずいと思ったのだろう、フィルマとセティは先に休むと言ってそそくさと部屋を出て行った。

「まったく、隙あらば私をからかおうとするんですから」

「シュニーの雰囲気もやわらかくなってきたからな。言いやすいんだろ」

以前ならあそこまで言わなかったのではないかとシンは思う。

「からかいやすくなったと思われるのは、困るのですが」

「あいつらだって全部が全部面白がってるだけじゃないだろうし、少しくらいはいいじゃないか」

「シンはからかわれないから、そう言えるんです。それに、シンのいないところでは口にするのも恥ずかしいことも聞いてきますし」

本当に恥ずかしいようで、頬が少し赤くなっている。どうやら本当に根掘り葉掘り聞かれているようだ。同性のぶん、遠慮はないらしい。

話を聞きたがっていたという意味ではシュバイドもそうだろうが、さすがにこっちは性格的に考えても、フィルマたちほど突っ込んだことは聞かないだろう。

「フィルマたちの気持ちもわからなくはないしなぁ。でも、シュバイドはあまりそういうことは聞いてこないな」

2人きりのときに何があったのか。フィルマたちがそうであるように、シュバイドにとっては同性であるシンのほうが聞きやすいこともあるだろう。

しかし、シンにはそういった話をされた記憶があまりない。

「もしかして、遠慮されてるのか？」

遠慮はなしで、と再会時に言ったものの、シュバイドがシンに対して未だに主従関係を強く意識しているのは間違いない。

同じパーティの仲間であり、背中を預ける間柄でもある。それでも、まだどこかに壁というほどではないが、一線のようなものがある気がした。

「シュバイドに関して言うなら、遠慮というよりは性格でしょうね。ここにジラートがいたなら、遠慮するどころかフィルマたちと同じように聞いてくると思います」

ジラートに関しては間違いないなとシンも同意する。同じ武人肌ではあっても、ジラートとシュバイドでは性格がまるで違う。

「あれでも以前より柔軟な考えをするようになったんです。王として活動していたことがプラスに働いたのでしょうね」

「そうなのか？　俺はあまり変わったって印象は……いや、確かに変わったたか」

再会した直後の主に仕える武将のような文句を思い出し、否定しかけていたのを取り消す。

ゲーム時代のシュバイドのままだったならば、それこそシンが命令でもしない限り気安い話し方などしなかっただろう。

「……皆、変わってるんだよな。生きてるんだもんな。そりゃ変わるか」

「シン？」

いつもと様子が違うと思ったのだろう。シュニーが声をかけてくる。

「いやな。俺のいなかった時間、みんながどんな風に生きてきたのか。あまりまじめに聞いたことがなかった気がしてさ」

シュニーに関しては2人きりだったときに話をした。それを除けば、現状もっとも語り合ったのはジラートだろう。

もちろん500年分の人生からすればほんの一握りだ。だが、それでもシンには忘れられない話だった。

フィルマ、シュバイド、セティに関しては、ほんのさわり程度しか聞いていない。

シュニーやユズハと話をしていて、3人ともっと話をしたほうがいいんじゃないかとシンは考えたのだ。

「では、まず先に私から見た皆の話をしましょう。ただじっと待つよりも、有意義でしょうから」

「ああ、よろしく頼む」

シュニーの提案にうなずいて、シンはうつらうつらとしていたユズハを子狐モードに変化させてから抱き上げた。

腕の中で丸くなったユズハは、すでに半分以上夢の中だ。

起きていると言っていたユズハだったが、眠気には勝てなかったらしい。

「ユズハはもう寝る時間のようですね」

「なんだかこうしてると、ユズハが伝説のモンスターとは思えないよな」

ユズハは基本的に、夜更《よふ》かしせずによく眠る。

敵が迫っているときや緊急事態はそうでもないが、何もない日はいつもぐっすりだ。だとすると、今日は襲撃はないのかもしれない。

もしくは、眠っている間に力を体に馴染ませると聞いたこともあるので、もしかすると今もその途中の可能性もある。

「シンは眠らないでくださいね?」

「ああ、わかってる」

ユズハを起こさないようにそっと膝の上にのせ、ゆっくりと撫でながらシンはシュニーの話に耳を傾けた。

†

翌日。

途中で交代したフィルマたちに起こされることもなく、シンたちは穏やかな朝を迎えていた。

「結局、襲撃はなしか」

晴れ渡る空の下で商いに精を出す人々を見ながら、シンはつぶやく。

ドゥーギン襲来の噂があっても、家に引きこもっていては生活できない。人それぞれ理由はあるだろうが、悲嘆にくれずにいつもの日常を過ごそうとしているようだ。

ただ、シンたちの世話係を任されたメイドに話を聞くと、やはり人は減っているらしい。

「設置したアイテムの反応が消えたから、警戒してるとか？」

「可能性としては、なくはないがな」

セティの疑問に答えつつも、シンの表情は晴れない。

城に充満していた毒はドゥーギンのものではなかった。

ドゥーギンの襲撃と今回の毒騒動は完全に別物の可能性すらあるのだ。『もしも』を挙げ続ければきりがない。

「それより、今日はどうするの？　ずっとお城で警戒してるっていうのもひとつの手ではあるけど」

城は街の中心にある。ドゥーギンがどこから来ても最短で現場に急行できるという意味では、フィルマの意見も間違いではない。

「できれば街の上に来る前にどうにかしたいんだよな」

翼に武器なり魔術なりでダメージを与えれば、撃ち落とすことも可能だろう。しかし、それでは街の中に被害が出てしまう。

空を飛んでいるので、どこが戦場になるかはそのときまでわからない。住民をすぐに避難させるのは難しい。建物の上にドゥーギンが落ちれば、中に人がいたらただでは済まないだろうし、その後の生活にだって困るはずだ。毒が撒き散らされれば、耐性のない一般人などほぼ即死。可能なら、街の外で迎え撃ちたいところだった。

「やってくる方向は一定なんだっけ?」

「そういう話は聞いていません。確認しておいたほうがよさそうですね」

フィルマの疑問に、シュニーが記憶を探りながら答えた。まだ得られる情報があるかもしれないと、シンたちは同じく城に泊まりこんでいたガロンたちを訪ねる。

「ドゥーギンのやってくる方向か。確か北からじゃったな?」

「ああ、そうだ。ただ、あくまでやってくる方向であってその先に何かがあるのかは確認できていない。もしかすると、どこか別の国なり街なりを襲撃してから来ている可能性もある」

時間帯はばらばらで、予想も難しいようだ。

「今までのことに限って言えば、国の北から来てるのか。どこかに巣でも作ってるっていうのは、さすがに苦しいか。

「巣でなくとも、ドゥーギン一匹なら休む場所にはことかかんじゃろうからな。まあ、やつの居場所がわかっても、わしらでは対処しきれんのじゃが」

困ったことだとガロンは首を振る。

パッツナーの北には、国とまではいかないがそれなりの規模の街はあるらしい。小さな村もいくつかあるようで、ガロンたちはそっちに被害が及ばないかも心配していた。

シンもドゥーギンに関する知識を引っ張り出してみたが、そもそもが世界を放浪する、ランダム出現するモンスターだ。居場所を突き止めるのは至難の業。ゲームのころなら呪われている土地だとか、汚染されている土地だとか、そういったものを監視してやってくるのを待つのがセオリーだった。

「ゲームのころなら、迎撃はアイテムに任せるって手もあったけど」

定期的に、都市をモンスターが襲うというイベントがあった。

大抵の都市はアイテム作りに執念を燃やすプレイヤーたちによって魔改造されていたので、初期のころを除いて、よほどの大物でなければモンスターが都市の上を飛ぶなんてことはなかった。

ある都市に至っては、プレイヤーが魔術を放つまでもなく飛行モンスターを掃討したこともある。運営すら唖然とさせた、プレイヤーたちの変態性が垣間見《かいまみ》える事件であった。

現状ではそれを再現などできるわけもなく、頭を悩ませるしかない。

「何か思いついたのか？」

「いや、ちょっと考えていたことが口から出ただけです」

小声で言ったが聞こえていたようだ。ガロンになんでもないと言って、考えに没頭する。

そして、話し合いの末、シンが街の中心である城で待機。シュニーが北、フィルマが西、セティが東、ユズハが南の城壁の上で待機することになった。

ガロンたちはシンの貸した装備のまま王の警護だ。近衛兵もいるが、ガロンたちならばと納得している。神話級《ミソロジー》の装備を得るような冒険者であり、パッツナーのために命をかけて危険地帯に赴いたことも知られているようで、不満は出なかった。

『退屈、くぅ』

警備について半日。早くもユズハからそんなメッセージが届いた。

シン自身、そう思わなくもない。

いつ来るかわからないものを待ち続けるのは、思っている以上に苦痛だ。来てほしくない相手ならなおさらである。

シュニーたちが城壁の上で待機することは、同じように警備についている兵士には説明済みだ。王自ら協力者であると告げたとはいえ、自分たちの持ち場に見知らぬ冒険者がやってきて警備をするとなれば信用できないのは当然。なんだこいつらは、と多少なりとも不満が出るものだ。

しかし、兵士たちは実際にドゥーギンを見て、その恐ろしさも体験している。意地など張っている場合ではないとむしろ歓迎された。

外見がまだ少女なユズハにすら、兵士たちは丁寧に対応しているようだ。

心話を繋げたままなのでユズハの言葉はシュニーたちにも聞こえているはずだが、シンに言っているとわかるのだろう、反応はない。

『あとで念入りにグルーミングするということで、どうかひとつ』

『くぅ！　がんばる』

心話の内容は今のところこんなものばかりだ。ユズハもふざけているようで、実際はしっかり警戒を続けている。

変化があったのは、シンたちが警備について丸一日後。ちょうど朝の喧騒が収まってきた時間帯だった。

Chapter 4　隷属の首輪

THE NEW GATE

『北より多数の反応あり。空の様子もおかしいです。黒い雲が空を覆っていきます。皆、確認できますか？』

シュニーからの心話だった。

シンが空を見上げると、言われたとおり真っ黒な雲が空を覆っていく。

曇りの日に空に広がるあの暗さではない。墨でも溶かしたような、異様な黒。

広がる速度も尋常ではない。そう、広がっているのだ。

雲が流れて移動するさまを見たことのある者は多いだろうが、それとはまったくの別物。

敷物でも敷いているように、一定の横幅を保ったまま雲が次々と発生し、出来たものはそのままそこに留まっている。

誰が見ても自然現象などとは思わない光景だ。

高さもシンのいる城よりいくらか高い程度と、雲ができるには随分と低い。

シンの目には、大地と空に浮かぶ白い雲との間を二分するように発生した黒い雲がはっきりと見えた。

フィルマたちからも、同じものを確認したと連絡が入る。

『こちらに向かってくる反応多数。あれは……』

感知範囲を広げると、シンにもパッツナーへと向かってくる反応を捉えることができた。さらに千里眼で視力を強化し反応の正体を見る。

まず目に付くのは、先頭にいる巨大な竜だ。

バオムルタンの領域で見たものよりはふた回りほど小さいが、それでもシンの知るものよりは大きい。外見に関しては、シンの知識と差異はないように見えた。

――――【ドゥーギン　レベル７０３】

――――【洗脳・Ⅷ《ブレイン・ウォッシュ　エイト》】

【分析《アナライズ》】によって表示されたのは、紛れもない腐龍・ドゥーギンの名。

ただ、その名とレベルの後に見たくない文字が表示されている。

【洗脳《ブレイン・ウォッシュ》】。

それは精神系スキルの中でも最上級の状態異常だ。

効果としては一定時間、対象に『攻撃』『防御』『移動』のどれかを行わせることができる。

『攻撃』する場合、ターゲットも指定可能だ。

『防御』は名前のとおり、その場で防御態勢を取らせる。

『移動』は同じ場所を指定すれば、無防備な状態で棒立ちさせられる。

ターゲットも攻撃手段もランダムの【混乱《コンフュ》】や、異性に対しての行動を封じる【魅了《チャーム》】などの上位スキルであり、プレイヤーはとくに気をつけなければならなかった。

【洗脳《ブレイン・ウォッシュ》】を使ってくるのが、主にＰＫだからである。

もちろん洗脳といっても、あくまでゲーム上での設定の話。体が勝手に動くだけであり、プレイヤーの精神には一切作用しない。

手足を掴まれて強引に動かされるような不快感はあるが、それは精神系スキルならどれも似たようなもの。

他の状態異常スキルより強力な分、失敗率も高く、レベルが上がっても効果時間はさほど長くはならないので、ゲームでなら単に面倒なスキルという程度だった。

そう、ゲームでなら。

「神獣やそれに近しいモンスターには、精神系スキルは効かないはずなんだけどな」

ユズハやカグツチなら神獣、バオムルタンやドゥーギンは近しいモンスターに分類される。

実際、ゲーム時代にプレイヤーが試して、この系統のモンスターには効かないといったデータがまとめられていた。

ドゥーギンにも、【洗脳《ブレイン・ウォッシュ》】をはじめとした精神系スキルが効かないことが実証されていたのは間違いない。

「そうね。でも、【分析《アナライズ》】がおかしくなったんじゃなければ、間違いなくドゥーギンはスキルを受けてる。どうなってるのかしら」

「ゲーム前とは違うってことなんだろうな。今までもそういうことはあったけど、やっぱり操る系は現実になると最悪だな」

効果時間も異なるのだろう。通常のスキルならば、最大レベルであってもとうに効果が切れていないとおかしい。

しかし、シンたちがドゥーギンの様子を見ている間もスキルが解ける様子はない。

「あっちはスキルを使われてるわけじゃないみたいだが、パッツナーにとって脅威なのは変わらないな」

シンはドゥーギンから視線をはずし、黒雲の下を進む影に目を向けた。

ドゥーギンの後方、雲の影をなぞるように大地を走るのは、鰐に似た長い口を持つ四足歩行型のモンスター、ガルマージ。

それと、薄い4枚羽根にストローのような細い口を持つ昆虫型モンスター、キキューズだ。

どちらもバオムルタンやドゥーギンが現れるような、汚染エリアに出没するモンスターである。

死んだ生物の肉や骨などの固形物をガルマージが、血を初めとした体液関連をキキューズが処理するという設定だ。ゲーム内では「掃除屋」と呼ばれていた。

『雲の下が汚染エリアになってる？』

北門へと移動しながら、シンは得られた情報を整理する。

ガルマージやキキューズは汚染エリアでなくても生きていけるので、理由はどうあれいることはおかしくない。

しかし、モンスターの群れが進んでいる森林や草原が黒く染まっていくのはおかしい。

ガルマージたちは汚染エリアに棲息《せいそく》しているが、その体から汚染物質を出しているわけではないからだ。

汚染エリアが広がっているのは雲の真下の部分のみ。

雲が空を覆ってから数秒の間を空けて、汚染エリアになっている。

ドゥーギンの飛んだ後に雲が広がっているので、ドゥーギンが何かしている可能性は高いはずと考えて、シンは移動しつつ先に待機していたシュニーに指示を出す。

『このままパッツナーの上を飛ばさせるわけにはいかない。攻撃目標はドゥーギン。可能なら、後ろの雲も吹き飛ばす』

かつてバルメルに押し寄せるモンスターの群れを壊滅させた魔術スキル【ブルー・ジャッジ】を、シュニーが発動させるのを見ながら、シンも魔術スキルを準備した。

白い雲が漂っていた空が灰色の雲に覆われ、青い雷が降ってくる。

ドゥーギンを集中攻撃とはいかないが、雲やその下のガルマージたちも攻撃できるので、決して間違った選択ではない。

「雷がそれた。何かあるな」

天から降り注ぐ雷は、駆け抜けた部分とその周囲の雲をいくらか吹き散らして地面に落ちた。

ガルマージとキキューズはどちらも雷属性に特別弱くはないが、強くもない。

レベルは個体差があれども400~500台なので、たまたま他の固体が盾になったなんてことがなければ即死である。

仮に盾になったモンスターがいても貫通していくので無傷とはいかない。

そんな中、ドゥーギンだけが【ブルー・ジャッジ】の猛襲の中でほぼ無傷だった。

雷を避けているのではない。それはシンのつぶやいたとおり、雷のほうがドゥーギンを避けている。

強力な魔術を真正面から受け止めるのではなく、そらす。これはプレイヤーでなくても行うことなので、シンも【ブルー・ジャッジ】を放ったシュニーも驚いてはいない。

「なら、私が直接狙うわ」

北門へと移動してきたセティが、専用の魔杖『宵月』を構える。

すでに準備を終えていたようで、杖の先に、2メルはある二重の魔術陣が現れた。

魔術陣はゆっくりと回転を始め、数秒ののち、魔術陣を超える太さの光線が発射される。

光術系魔術スキル【ヴァルター・レム】。

まっすぐに直進した光線は、目標の手前100メルで糸が解けるように細い光線へと分かれ、全方向からドゥーギンに襲いかかる。

光の残像がまるで糸で編まれた球体のようにドゥーギンを囲んでいた。

【ヴァルター・レム】は【ブルー・ジャッジ】と同じ、広域殲滅用の魔術スキル。

本来なら光の矢が敵に降り注ぐスキルだ。すべての光線がドゥーギンに向かっていくのは、セティのアレンジらしい。

「あれを凌《しの》ぐのか。見たことない能力だな」

「でも、飛ぶのはもう無理みたいよ。とりあえず、街に入られることはなさそうね」

セティのステータスとスキルの威力を考えれば、ドゥーギン1匹では蜂の巣どころかミンチよりもひどい状態になる。

しかし、狙われていたドゥーギンは【ヴァルター・レム】が飛んでくるのがわかっていたように防御行動を行った。

ドゥーギンの後を追うように発生していた黒い雲がその身を覆い、光の矢の盾になったのだ。

だが、完全には防ぎきれなかったらしい。ドゥーギンを囲っていた雲はほとんど消えている。

ドゥーギン自身もダメージを受けたようで、急激に高度を下げていた。わずかに残った雲が尾を引く様は、飛行機が墜落していくようでもある。

「雲はドゥーギンが通った後じゃないと発生しないのか？」

ドゥーギンが地面に降りたのを確認したシンは、今まで勢いよく広がっていた雲がその頭上で停止しているのを見てそうつぶやいた。

「ただのモンスターなら、このまま近寄らせずに倒すのが定石《じょうせき》なんだけどな」

わざわざ近づく意味などない。ただ、今回はそうもいかない。

パッツナーを襲っているのがドゥーギン自らの意思ではなく、操られている可能性がある。『隷属《れいぞく》の首輪』という人を操るアイテムがあったのだ。モンスターを操るアイテムが存在してもおかしくない。

また、瘴魔《デーモン》や悪魔といった、相手を傀儡《かいらい》にする能力を持った存在もいる。遠距離から削って終わりにした場合、手がかりもまとめて破壊してしまう。

何より、ドゥーギンは世界にとって必要な存在。可能ならば、倒さずにおきたかった。

「わかっとったつもりじゃが、こうしてみるとそら恐ろしいのう」

「味方でよかったよ、ほんとに」

たまたま近くにいたというガロンとリーシャが、シュニーとセティの魔術を見て驚きと困惑と恐怖とその他もろもろが混じったおかしな表情をしながら言った。

ちょうどいい機会だったので、パッツナーの騎士団でどの程度なら防げるか聞く。

「あれに挑むなんて餌になりにいくようなもんさね」

「一匹二匹ならともかく、数が多すぎるわい。わしらでも長くは持たんな。国を囲む壁はすぐには破られんだろうが、空を飛んでるほうには効果がなさそうじゃ。門もそのガルマージとかいうやつのでかさを考えれば突進だけでもかなりのもんじゃろ。さすがに一度や二度の攻撃では破られんじゃろうが、何体も来たらどうなるか」

門はオリハルコンを魔鉄他、魔力を帯びた金属と混ぜた合金製。

話を聞く限り、完全に閉じればガルマージの攻撃でも簡単には突破できないと判断できた。ただ、ガロンの言うとおり数が多い。

助走をつけて勢いよく体当たり。それを連続で受ければそう長くは持たないだろう。

キキューズは言わずもがなだ。鳥と違って急激な方向転換が可能なので、近づく前に矢で打ち抜くのは非常に難しい。さらにいうと一般人程度の放てる矢では甲殻を打ち抜くことはできない。蚊のように細い体つきだが、頑丈さは比べ物にならないのだ。

「シュニー、セティ、ユズハは、城壁の上から魔術で弾幕を張ってモンスターが近寄れないようにしてくれ。一般人相手じゃ、キキューズが一匹入ってきただけで大惨事になりかねない」

「承知しました」

「まっかせなさい！」

『くぅ！』

シュニーは静かに、セティは胸を張ってうなずく。まだ到着していないユズハからは、心話で返事が来た。

「俺とフィルマは突撃だ。ドゥーギンの状態を近くで確かめる」

「やっと出番ね」

『紅月』の柄を握って、フィルマが笑みを深くする。フィルマはサポートキャラクターの中でもとくに一対一に強い。

シュバイドが引き付け、ジラートが撹乱《かくらん》し、フィルマがとどめを刺す。それが、前衛組の基本戦術だった。

もちろん集団相手でも問題なく戦える。状況によっては、フィルマにドゥーギンを任せてシンは援護に回るのもありだ。

「張り切りすぎて、ドゥーギンまで真っ二つにするなよ？」

「そのくらいわかってるわよ」

モンスターの群れに2人で乗り込むことにも気負いはない。ゲーム時代も、味方より敵の数が多い状況は珍しくなかった。

「まずはドゥーギンの状態を確認する。人を操るアイテムがあるっていうのは言ったよな？　あれは一般人だけでなく、選定者も操れた。見たことはないが、あれのモンスター版が使われているのかもしれない。もしくは、魔獣使い《テイマー》の【強制服従】のような精神系スキルや、相手を操ったり誘導したりする道具が使われていないか、よく見てくれ。何でもいいから、こうなった手がかりを探すんだ」

操られているならば、それを解除してしまえば倒す必要はなくなる。

簡単にいかないことは重々承知だ。それでも、可能性があるならシンは諦めたくなかった。

殺す以外の選択肢がまだ残っていると思いたい。

「ガロンさんたちは念のため、門の所で待機していてください。いざってときがきてほしくはないですけど、城に毒を放ったやつが何か仕掛けてくるって可能性もあるので」

門の内側で騒動を起こしたり、モンスターの到着に合わせて開門したり。場を乱そうと思えばやりようはいくらでもある。

今のシンたちの数少ない弱点、人数の少なさを突かれるとまずいので、現状シンたち以外でもっとも戦闘力のあるガロンたちに頼むことにした。

「もうすぐマフロフたちも来るじゃろうし、構わんぞ。一緒に行ったところで足手まといにしかならんしの」

すまなそうにするガロンたちに後を任せ、シンとフィルマは城壁の上から飛び降りた。

緩やかに弧を描いて空を行き、やがて重力に引かれて落ちていく。スキルによって軽やかに着地した後は、ドゥーギンに向けて地を蹴った。

城壁からの跳躍で距離を稼いでいたので、２人のステータスを持ってすればドゥーギンの元にたどり着くのにさほど時間はかからない。

シンとフィルマのほうを見たドゥーギンは、翼を広げて咆哮を上げた。

大きく広げている翼には、これといった傷は見えない。墜落はしたものの、ダメージは回復していると見ていいだろう。

ただ、すぐに飛び立とうとはしない。自分を撃ち落とした攻撃を警戒しているのかもしれなかった。

近づいたことで、飛んでいるときには見えなかったものが見える。

「首輪か……隷属の表示はないけど、ドゥーギンがつけてるのは不自然だよな」

体色が似ているので見えづらかったが、間違いないとシンは確信する。

かつてミリーや予言の聖女に使われていた相手を操るアイテム、『隷属の首輪』。それとよく似たものがドゥーギンの首に取り付けられていた。

本物ならば隷属の状態異常が表示されるので、よく似ているだけの可能性はある。だが、解析のために本物をよく観察していたシンには、完全に別物とは思えなかった。

それとは別に、ドゥーギンが装飾品をつけているのはおかしいということもある。またひとつ、操られているのではないかという疑惑が深まった。

「周りのやつらを頼む」

「オッケー！」

シンたちに狙いを定めたガルマージとキキューズの群れへの対処をフィルマに任せ、シンはドゥーギンに向けて走る。

単に状態異常や首輪の効果で操られているだけならば、シンの能力でそれを消してしまえばいい。本物の『隷属の首輪』すら解除できたのだ、仮に似た能力を持つものだったとしてもいけるだろうとシンは思っていた。

シンが近づいていくと、後ろ足で立って威嚇していたドゥーギンが前足を地面につける。かなり警戒しているのがわかった。

「……人？」

そう口にしたのは、今までそれに気づかなかったからだ。

ドゥーギンは巨体だ。立ち上がった状態では背中側は見えない。

それでも背中に人が乗っていれば足くらいは見えるだろうし、そもそもドゥーギンに分析を使ったときに、同時にスキルの対象になっているはずだ。

しかし、そんな表示はなかった。

マップだけならば、ドゥーギンの反応に重なっていたせいで気づかなかったのかもしれない。

だが、シンの索敵はマップだけが頼りではないのだ。

少なくとも、ついさっきまでドゥーギンの背に誰かの気配など感じてはいなかった。

『突然現れたように感じたわね』

『フィルマもか。なら、俺がたまたま見逃したってわけじゃなさそうだな』

心話で意思疎通しながら、シンはドゥーギンの背に乗る男に目を向ける。

――――【ミスターXXX《トリプルエックス》　レベル233　調教師《テイマー》】

――――【憑依・#$%$#】

【分析《アナライズ》】が仕事を果たす。表示されたのは、この世界の住人らしからぬ名前と、特殊な状態異常だった。

【憑依】は一部のジョブによる特殊な付与状態か、ゴーストやレイスといった実体を持たないモンスターに体を操られる状態のどちらかをさす。

特殊な付与状態は、召喚士や死霊術士などの限られたジョブで取得できるスキルによるもので、こちらは身体強化の意味合いが強い。

それに対して、モンスターによる【憑依】は【洗脳《ブレイン・ウォッシュ》】の上位と言われることもあるほど厄介だ。

憑依されたプレイヤーは、スキルも使って味方を攻撃し始める。

【憑依】をスキルやアイテムで強制的に解除するか、プレイヤーを倒すかしないと直らない上に、プレイヤーを倒してもモンスターは倒せない。

ある意味、精神系スキルよりたちが悪いとプレイヤーには認識されていた。

「こいつ、プレイヤーか⁉」

ネットゲームでは珍しくもない、ネタに走った名前。それを見た瞬間、シンは警戒心を強める。

プレイヤーの中には、あえて悪の道へと進む者もいた。

突然出現したことと、この世界で親がつけるとは思えない名前。こちらで長く生きていれば、ゲーム時代にはなかったスキルなり技術なりを編み出していてもおかしくない。

警戒心を抱かせるには十分だ。

『私たちの知らないスキルを使っているのかしら？』

『どうだろうな。でも、少なくとも俺は覚えがない』

フィルマがシンの横に移動してくる。

ガルマージたちを放っておくことになるが、シンとフィルマの気配に怯《おび》えているのか、それとも直前のフィルマの暴れっぷりに恐れをなしたのか、前に進んではこない。

目の前で堂々と会話をするわけにはいかないので、警戒しつつ心話でこの後のことを話し合う。

ミスターXXXはドゥーギンの背に乗ったまま動かない。深いフード付きのローブをまとっているせいで、分析で見えたもの以外はほとんどわからなかった。

『動かないわね』

『俺を見てるな』

フードによってできた闇の向こうから、自身に視線が向けられているのがシンにはわかった。フードには顔を隠す効果があるようだったが、シン相手にそれは通用しない。

プレイヤーゆえか、ミスターXXXなる男の顔の造形はかなり整っている。

女顔のプレイヤーもいたが、今回は男だとわかる見た目だ。

見開かれた青い目がシンをまっすぐに見つめてくる。肌が病的に白いせいで、目だけが爛々と輝いているようにも見えた。

驚いているのだろうか。信じられないものを見たという表情だ。

「あんた、名前、は……？」

少しかすれた、小さく低い声。普通の聴力では満足に聞き取れないだろうそれも、シンの耳はすべて聞き取っていた。

その声は、相手がこうであってくれ、自分の思っているとおりの人物であってくれと願っているようにも感じられる。

ゲーム時は憑依状態でもしゃべることはできた。すぐに襲い掛かってこない理由はわからないが、何か情報が得られればとシンは会話に応じる。

「【分析《アナライズ》】でわからないか？」

「俺の、それでは……見えな、いんだ。頼む。おし、えてくれ」

だんだんと、男の顔が歪んでいく。最後に出た言葉は懇願だった。

苦しそうなのは、【憑依】に抵抗しているからだろうとシンは推測する。

憑依しているモンスターとプレイヤーのステータス差によっては、勝手に動こうとする体を多少抑えることもできた。

モンスターを引き連れ、パッツナーを襲おうとしているようにしか見えないドゥーギン。その背に現れた人物だ。

タイミングとしてはドゥーギンを操る黒幕の登場とでも思える場面だが、男の顔はそんな大それたことを考えているようには見えない。

苦しげに歪む顔は、自らの意思でパッツナーを襲おうとしている人物のものではない。十中八九、【憑依】によって強制させられているのだろう。

「俺の名前は、シン。英雄だ、死神だって、プレイヤーの間じゃ、それなりに有名だったと自負してるよ」

後ろにはシュニーたちが控えている。パッツナーまでの距離も何時間もかかるほど離れていない。もしこの男が囮《おとり》か、もしくは苦しげなのが演技でも、対処はできる。そう考えて、シンは自身の名前を口にした。

反応は、劇的だった。

「あぁ、あぁ、やっぱり！　間違い、ながった。がかッ、やっと、やっどだ！」

歓喜。

苦しむような素振りを交えながらも、男の顔に浮かんだのは絶望の中に一筋の希望を見つけたような喜びの表情だった。

両目からは涙があふれ、両手を左右に大きく広げて空へと伸ばしている。

そのさまは仰々しく芝居がかっているようにも、抑え切れなかった感情の発露にも見えた。

「質問には答えたんだ。今度はこっちの質問に答えてもらうぞ」

武器を構えたまま、シンは男に話しかける。

話が通じるかどうか怪しいと感じていたシンだったが、男は少しの間を置いて真剣な表情になった。

「すまない。われ、を、忘れていた。そう、だ。づたえ、ないと、いけないこと、が、ある」

男の頬に、汗が流れた。苦しげな表情のまま、搾《しぼ》り出すようにしゃべる。

「もん、すたーを、あやつ、り、くにをお、そおうと、している。ぷ、ぷれい、やー、もあ、あや……ッ!!」

何かを必死に伝えようとする男だが、口を開閉させるだけで肝心の言葉が出てこない。

言葉で伝えるのは無理だと悟った男は、ローブに手をかけ強引に引きちぎろうとした。

男の手はローブを10セメルほど裂いて止まる。何か制限に引っかかったようだ。

ローブが裂けたことで、男の首元が見えるようになる。そこにあったものを、シンの目ははっきりと捉えた。

「その首輪は……！」

「これだけ、じゃ、ない。だが、ご、れが、いちばん、危険、だ」

シンの反応で、それが何か知っていると悟ったのだろう。

見える範囲を少しでも広げようと、男はローブの裂けた部分に手をやる。

見ろ。この姿を忘れるなと。視線で強く訴えていた。

「大丈夫だ。【憑依】も『隷属の首輪』も、解除できる」

操られているだけなら、助けられる。そう思って声をかけるが、男は首を横に振って応えた。

「これ、だけ、ない」

男は胸を押さえながら言う。ドゥーギンの背に乗っている余裕もなくなったのか、そのまま地面に落ちた。

受身も取らず、頭から落ちて動かない。ＨＰは減っていないのでダメージはないようだが、明らかに様子がおかしい。

「おい！」

言いながら、シンは状態異常から回復させるスキルを使う。『隷属の首輪』は直接触れる必要があるが、状態異常だけなら多少距離があっても問題はない。

しかし、表示される情報から【洗脳《ブレイン・ウォッシュ》】の文字は消えなかった。

ドゥーギンは動かない。男が苦しんでいるからだろうかと警戒しながらシンは近づいていく。

「フィルマはガルマージたちの牽制を頼む」

「無茶はしないでよ？」

フィルマにうなずきを返し、シンはさらに男に近づく。彼我の距離が10メルを切ったところで、男に動きがあった。

「が、あ、ああ……あああああああAAAAAAAAAAAAAAAAAAAAAAAッ‼」

絶叫。

地面に倒れたまま、男は断末魔の如き叫び声を上げた。

「どうしたっていうんだ」

異様な雰囲気に、シンは足を止める。

男はもがくような仕草をした後、叫ぶのをやめた。

そして、わずかな間を空けて、立ち上がる。

ただし、普通に手を地面について、という立ち上がり方とは少し違う。

手も足も動かしていない。それなのに、すっと音もなく体が持ち上がった。

まるで立ち姿のまま固定された人形を立たせたような、見えない手で持ち上げられたような不自然な起き上がり方だ。

「だの、む」

男の顔は、真っ青を通り越して土気色だった。目をまっすぐにシンへ向け、口を動かす。口以外は、手も足もピクリとも動いていない。

「殺して、くれ」

搾り出すような声だった。

そして、それを合図にしたように男の体に変化が起こる。

空を覆っていた黒雲の一部が男に集まっていく。

男を中心に渦巻きながら2メルほどの球体となった黒雲は、数秒の間を置いて晴れる。

男は変わらずそこに立っていた。

まるで雲がその身に染みこんだように、着ているものも本人も黒一色に染まっている。瞳も、口腔内もすべて黒一色となった男が動く。

メキメキ、ミシミシと音を立て、その体が膨張した。

手も足も胴も——頭も。

手と足が長く伸びながら2本に分裂。胴体もそれに合わせて肥大化していく。

衣服も変化しているようで、男が着ていたズボンやシャツはローブと同化しその体を包んだ。

顔も体と同じように肥大化している。

ただ、それは頭がそのまま大きくなるのとは少し違った。大きくなっているのは同じだが、内側から膨れ上がっているのだ。

男の顔を模した風船を膨らませた。そんな表現しかできそうにない見た目だ。

そして、肥大化が終わると顔のパーツが零れ落ちていく。

まるでそれらのパーツを貼り付けていたとでも言うように、目も鼻も口も耳も髪の毛すらも抜け落ち、黒い楕円の球体が首の上に乗っているようにしか見えない状態になった。

——【ヘルスクリーム　レベル804】

表情を硬くするシンの視界に、【分析《アナライズ》】が情報を提示した。

それに合わせるように、何もなくなった顔に三日月形の線が入る。口だ。

言語化するならば「ニィイ」とでも表現されるだろう見る者を不快にする笑み。頭部に他のパーツがないので、余計に笑みに目がいく。

凶笑の魔物。戦闘力とは別に、その容姿からプレイヤーにはそう呼ばれてた。

ヘルスクリームは、実体を持つゴースト型モンスターの中でも上位にランクインする強さを持ち、同時にプレイヤーからひどく嫌われていたモンスターだ。

肉体を持つにもかかわらず、実体のないゴーストのように宙を舞い魔術を撃ち込んでくる。

これはまだよかった。非実体系のモンスターならよくあることだし、飛行系モンスターでも同じようなことをしてくる。

問題なのは、ヘルスクリームの特殊な攻撃だった。その大きな口から放たれる絶叫には装備による耐性を無視した【麻痺《スタン》】効果があるのだ。

絶叫中はヘルスクリームも攻撃してこないので、単体ならば、絶叫が終わるのを待ってから攻撃すればいい。

しかし、複数のヘルスクリームが交互に絶叫を始めると、種族特性として状態異常に強いもの以外はほぼ行動を封じられて、一方的に攻撃を受けることになる。

いわゆるハメ状態になってしまうのだ。

【麻痺《スタン》】が確定ではないのが救いだが、それでも交互に放たれれば大抵抜け出せなくなるので、正しく対処できなければ逃げることも難しいとされていた。

ただ、それだけならばシンの敵ではない。

ハイヒューマンは状態異常に対して他種族を圧倒するほど抵抗力が高いので、麻痺することがほとんどないし、対処法も知っている。

しかも単体だ。面倒ではあっても危機感を覚えるような強さではない。

しかし、今回は少し様子が違った。出現したヘルスクリームは自身の下にいるドゥーギンへと手を伸ばしたのだ。

同時に上がる悲鳴。発生源はドゥーギンだった。

細かい光の粒のようなものがドゥーギンの体から湧き出し、それがヘルスクリームのかざした手に向かって吸い込まれていく。

時間にしてほんの数秒。ドゥーギンは立っていることもできずに地に伏し、その背から全身にどす黒いオーラをまとったヘルスクリームが浮き上がった。

「これはさすがに、予想してなかった」

明らかに威圧感の変わったヘルスクリームを見て、シンは表情を硬くする。

プレイヤーがモンスターに変わる。ゲーム時代にはあり得なかった現象だ。

さらに、ヘルスクリームにはなかったドレインのような攻撃。

ドゥーギンとヘルスクリームにあれほど一方的に何かができるような能力差はなかった。理由は間違いなく、あのプレイヤーだろう。

肉体が変異していたのを見ると、操られたというよりは取り込まれたといったところか。ただの【憑依】でなかったのは明らかだ。

「今回の黒幕かしら？」

「どうかな。あれなら下手な小細工なんかいらないだろ」

ヘルスクリームが出てこなくても、ガルマージ、キキューズの群れだけでパッツナーは落とせる。わざわざ王城に仕掛けをする必要などない。

「何が目的にしろ、あれはここで倒しておかないとな」

武器を構えなおし、シンはヘルスクリームに狙いを定める。

自分の知るヘルスクリームとは別物と考え、まずは近づかずに一撃入れてみることにした。

発動させるのは、炎術系魔術スキル【スピア・メーザー】。

太さ10セメルほどの熱線が6つ、一直線にヘルスクリームに放たれる。

光術ほどではないにしろ、熱線の速度はかなりのもの。

シンの知るヘルスクリームなら、直撃はしないが完全に躱《かわ》せもしない速度。それを、目の前のヘルスクリームは完全に躱しきってみせた。

「【ミラージュ・ステップ】……？」

空中にいながら、ヘルスクリームは地を蹴るような動きを見せる。

【縮地】のように一瞬で移動するのではなく、幻影を残しながら移動するそれは、近接系のプレイヤーの使うことが多い移動系スキルに酷似していた。

幻影は数秒その場に残るので、横に移動してから後退すると幻影が壁になって本体が見えなくなる。そんなところまで一致していた。

おかしな点はひとつ。【ミラージュ・ステップ】はプレイヤー限定のスキルだということ。

同じような効果を持つスキルや攻撃手段を持っているモンスターがいないわけではない。しかし、動作や付随する効果があまりにも似すぎている。

相手が使ったスキル名が表示されているわけではないので、ヘルスクリームが【ミラージュ・ステップ】を使ったと断言はできない。

だが、【ミラージュ・ステップ】の効果をよく知るプレイヤーが見れば、シンでなくとも、十中八九あれは【ミラージュ・ステップ】だと判断するのは間違いない。

「取り込んだプレイヤーのスキルが使えるってところかしら？」

「そう考えるのが妥当だろうな」

モンスターのスキルとプレイヤーのスキルは同じものも多いが、明確に違うものもある。【ミラージュ・ステップ】は似たようなスキルがあるタイプだ。

ただ、ヘルスクリームのような浮遊しているモンスターが足を使って移動するようなスキルを使用することは、ゲームではまずなかった。

何せ浮いているのだ。ステップなどしなくても前後左右、さらには上下にだって自在に動ける。

「そうか。さっきのは調教師《テイマー》の【命脈奉納】！」

調教師《テイマー》のスキルにはあまり詳しくないシンだが、カシミアから聞いたことがあるものの中でも印象に残っていたので思い出すことができた。

プレイヤーが使用すると、従魔のＨＰを主へと移譲することができるというスキルだ。

プレイヤーが使う場合は実質的に強制ＨＰドレインであり、使用すると従魔からの好感度が急降下する。

従魔を大切にするプレイヤーは決して使わないスキルだ、と話していた。

ちなみに従魔の好感度が高い場合は、ピンチになったプレイヤーに従魔側から使ってくれることもある。

「やっぱり、操られてたってことか。でも、プレイヤー相手にただのモンスターがここまでできるのか？」

瘴魔《デーモン》や悪魔ならと考えて、シンは思い直す。

ゴーストやレイスのような死霊系モンスターは、強い怨念が魔素によって変貌したものとされていた。

そう考えれば、ヘルクスリームがパッツナーを襲うのもプレイヤーを苦しめているのも説明がつく。

ドゥーギンを操って毒をまくのもそうだし、ガルマージたちの棲息しやすい領域を広げるのも生者への攻撃と捉えられる。

王城の一件も、ただ苦しめたかったからというなら理解できる。

あの状態にすることそのものが目的だったのならば、あれ以上何もしてこなかったことにも一応は納得できた。

ただ、男の言っていたモンスターやプレイヤーを操ろうとしている何者かの存在を考えれば、話はそう単純ではないだろう。

「ゲーム時代にはできなかったこと、考えられなかったことが可能になってるのはわかってたけど」

今まで遭遇してきた出来事と目の前で起こっていることを考え、ついそんなことを口走ってしまう。

現状、転生なしでは一般人は早い段階で成長が頭打ちになる。選定者ですら上限があった。

それに対してモンスターは上限がない、もしくは成長の幅がでかい。何より、生まれた瞬間から高レベルというパターンが多すぎる。

プレイヤーだったシンにとって、モンスターのレベルがある程度決まっているのは珍しいことではなく、むしろ当然のこと。

日々成長するプレイヤーが飽きないよう、様々なレベル、特性のモンスターを用意しておくのはゲームならば当たり前のことだ。

モンスターが人々――NPCを襲う。それは、よくあるイベント開始の合図。

架空の悲劇を背に、プレイヤーは意気揚々と戦いに臨《のぞ》む。

レアアイテムのためにわざわざモンスターの湧き待ちをする者もいれば、イベント時に追加されるガチャだけやって当のイベントを放置する者もいる。

それがゲームにおけるプレイヤーという存在だ。

無論、こちらの世界ではそれは当てはまらない。シンも理解している。

状態異常は有効で、教会で聖女を誘拐したミルトのように操られることがある。死に戻りはなくなり、殺されれば死ぬ。

プレイヤーが状態異常になるのも死ぬのも、ゲームではよくあったこと。起こって当然のこと。

こちらでそれが起こっても、そういうものだろうとシンもすんなり納得した。

しかし、今回は少し違う。

モンスターが変質するのではない。

こちらの世界の人々が変化するのでもない。

プレイヤーが、モンスターに、変貌する。

その事実に、シンは衝撃を受けていた。

それは動揺するほどでも、混乱するほどでもない、小さなもの。

ただ、「お前たちはそれほど特別な存在ではない」、そう言われた気がした。

(頭のどこかに、プレイヤーは別物って考えが残ってたのかもな)

かつて教会の聖女であるハーミィが瘴魔《デーモン》に攫われたとき、使者の女性がモンスターに変わったことがあった。人がモンスターに変わる。それは知っていたこと。

しかし、女性は元プレイヤーではなかった。思い返してみると、シンはまだこの世界で元プレイヤーが死ぬところを見たことがない。

「さっさと片付けたいけど、いけそう?」

「……大丈夫だ。後がつかえてるからな。さっさと終わらそう」

フィルマの声にうなずき、いったん考えるのをやめる。

考えるのはこの局面を乗り切ってからだ。

今はまだ、シンとフィルマの力に怯えてガルマージとキキューズが足踏みしている。

シンたちにとってはさほど手間のかかる相手ではないが、もしガルマージたちが戦闘に乱入してくると厄介だ。数が多いことに加えて、ヘルスクリームと同時に相手をしなければならない。

ヘルスクリームがシンたちの知る通常個体なら問題はないが、今回は明らかに違う。それが問題だ。

シンたちはスキルを使うところしか見ていないが、他の能力を持っていないとも限らない。

プレイヤーの使うスキルの中には、魔術スキルを反射するものもある。

ガルマージたちを一掃するためにシンが魔術を放ってそれを跳ね返されると、さすがに無傷とはいかない。

スキルは職業によって覚えられるもの、覚えられないものがある。だが、職業は切り替え可能で、切り替える前の職業で覚えたスキルも普通に使うことができた。

もちろん、スキルを覚えるにはただ職業を変えればいいわけではないので手間はかかる。しかしこれもステータスと同じで、手間さえかければすべてのスキルを覚えることができるのだ。

ゆえに、男のスキルを使えるだろうヘルスクリームが、魔術反射系のスキルを使えないとは言い切れない。

『シンの魔術なら、押し切れるんじゃない？』

『あいつがプレイヤーのままならいけただろう。でも、あいつは出現の仕方からして普通じゃない。一撃で倒すとなるとそれなりに威力を出さなきゃならないから、もしそれを反射されたらしゃれにならん』

フィルマも魔術による一掃を考えたようだ。

ただのヘルスクリームならばそんな心配はないのでささっと薙《な》ぎ払えるのだが、今回は状況が状況なので、シンは慎重を期するために接近戦を挑むことにする。

ガルマージたちが動いていない今がチャンスだ。

『一応、元に戻せないかも試す』

『戻るの？　あれ』

『だから、一応、だ』

接近戦をしつつ、【憑依】状態を解除する。ゲーム時代ならそれができた。

ただ、今のミスターＸＸは単純な【憑依】状態とは違いすぎる。

シン自身、元に戻せると思っていない。ゲーム時の法則の外にいるだろう存在に、ゲーム時の法則そのままの手法で介入できるとは思えないのだ。

だが、それでもやる。成功した場合に得られるものは多々あるだろうし、失敗した場合でもシンたちが損をすることはない。

同じ元プレイヤーとはいえ、シンはミスターXXXという名に覚えはなく、顔も記憶にない。もしかすると知っている誰かの家族だったり、友人だったりするかもしれないが、それは今のシンには知ることはできない事柄だ。

ゆえに、試すだけ試し、ダメなら倒す。難しく考えようとも、やることは単純だ。

「行くぞ」

掛け声は静かに。二歩目にはヘルスクリームとの距離が詰まっている。

移動系武芸スキル【縮地】による高速移動。

シンのステータスが反映された【縮地】は、コマ落としのようにその姿をヘルスクリームの眼前へと出現させる。

武器は抜刀済み。古代級《エンシェント》の刀『無月』が空を割いてヘルスクリームに迫る。

ヘルスクリームの姿がぶれる。

『無月』が斬り裂いたのは、ヘルスクリームの幻だった。【スピア・メーザー】を躱した時と同じように、【ミラージュ・ステップ】でよけたのだ。

ミスターXXはシンを知っていた。

おそらく、戦い方や戦闘力の高さも知っているだろう。ヘルスクリームにもそれが知り得たかはわからない。ただ、知っているものとして攻撃した。

反応がなければないで、真っ二つではなくダメージを与えるにとどめるつもりだったが、躱したなら予定どおりスキルを使うまで。

「【キュア・オール】」

特殊な状態異常も回復できる、最高のスキルをヘルスクリームに向けて放つ。

【ミラージュ・ステップ】は足で踏み込む必要があるので、よく見れば移動先を予想することが可能だ。わざとよけさせてその先に攻撃を置いておくなんて戦い方もあった。今回はそれがうまくはまった形だ。

金色の光がヘルスクリームを包む。

ただの【憑依】ならば、数秒で憑依しているものとされているものが別れる。

しかし、光に包まれてもヘルスクリームは動じることなく、シンを攻撃をしてきた。

ローブの中から伸びた4本の腕が、黒と紫の混じった光を帯びる。それは金色の光を呑み込み、巨大な鉤爪となってシンに伸びた。

毒々しい色の爪に、シンは『無月』を合わせる。冷たく光る刀身が光を反射しながら、宙に二度、弧を描いた。

ヘルスクリームの口に浮かんでいた凶笑が、苦悶の形へと変わる。

得意の魔術ではなく接近戦を挑んできたのは、シンの情報を得ていたからだろう。しかし、それは対処としては下作だ。

最初の一閃で右の鉤爪をまとめて斬り飛ばし、返す刃で左の鉤爪を手首ごと両断する。

ゴーストやレイスといった死霊系のモンスターは、攻撃にステータスを割り振っているため防御力が低い傾向にある。

加えて、シンのステータスに非実体系モンスターにも攻撃ができる無月の刃が合わされば、この結果は当然と言えた。

たとえ、プレイヤーを元にしていようとも、根本的な能力差を覆せるほどではないらしい。

「これでだめなら、打つ手なしだ」

悲鳴を上げて距離をとったヘルスクリームに、シンは最後の手段である浄化を発動させた。

本来は呪いの称号を解くくらいしか使い道のないスキルだったが、ティエラの故郷でそうだったように、今ではゲームにはなかった効果を持っている。

変質する前も後も【キュア】はだめだったので望み薄だったが、こっちならば。シンはそう思ったのだが――。

「……だめか」

ヘルスクリームに変化はない。それどころか、シンが浄化を使ったわずかな時間で両手を再生していた。

「倒すわよ?」

「ああ、終わらせよう」

シンたちにはもう打つ手はなかった。フィルマの問いにうなずき、『無月』を握り直す。スキルを発動。鋼色の刃に、白い光が走った。

刀術光術複合スキル【破邪ノ太刀】。

特定の種族に対してダメージ増加効果のある特効スキルの中で、死霊系を対象にしたスキルだ。

危険を感じ取ったのだろう。ヘルスクリームが鉤爪に宿す力を増大させて身構えた。

踏み込む。

【縮地】による移動。その動きは先ほどとまったく同じ。

違ったのは、速さ。

もはや瞬間移動にしか見えない圧倒的速度。ヘルスクリームは鉤爪を構えたまま動いていない。

『無月』を振る。

無防備な体に一閃すれば、ヘルスクリームは終わりだ。

刃が届く、それまでのほんのわずかな間に——。

『死にたくない』

そんな、声がした。

「っ⁉」

言葉を言いきるだけの時間などない。空気を震わせた発声ではない。だが、確かにそれは、変質する前の男の声だった。

いるのか。そこに？

あるのか。意識が？

加速している本人だからこそ、考えることができた。できてしまった。

心の乱れが、刃に伝わる。

ヘルスクリームを両断しようとしていた刃が、止まった。

ヘルスクリームの口が弧を描く。発せられる絶叫。多くのプレイヤーをなぶり殺しにしてきた、ヘルスクリームの代名詞。

「はぁ、ま、そうだよな」

絶叫を聞きながら、シンはつぶやく。

プレイヤーの声を利用した、攻撃を躊躇させるヘルスクリームの能力なのだろう。もしかすると、敵わない相手への奥の手なのかもしれない。

生憎と絶叫はただうるさいだけで、シンはいつでもヘルスクリームを斬れる。ただ、うまくいったといい気になっているのには少し腹が立った。

なので、教えてやることにした。

「おい、後ろには気をつけろよ」

麻痺などしていないとわからせるために、あえて指をさしてみせる。

シンの存在とスキルの脅威は、ヘルスクリームの注意を引きすぎた。この場には、最初からもう1人いる。

「眠りなさい」

かけられた言葉にヘルスクリームが振り向く。そこにはもはやよけることのできない距離、速度で振るわれた『紅月』の刃があった。

フィルマは正面から相手を斬り伏せることを得意としている。

だが、気配を殺したり、不意を突くことも問題なくできる。

本人の技量とスピードに、防具に付与された魔力放出による急加速。それらが合わされば、シンに注意を向けていたヘルスクリームの不意を打つことなどたやすい。

真っ二つにされたヘルスクリームは、断末魔の叫びを上げる間もなく、宙に溶けるように消滅した。

「死体は残らないのか」

シンはヘルスクリームがいた場所を見て、つぶやく。

非実体系のモンスターならば珍しくない最期だが、元が元だけに何か残るものだと思っていたのだ。

「シン、感傷に浸ってる時間はないわよ」

何かないかと注意深く観察していたシンに、フィルマが声をかける。

視線で示された先を見れば、シンたちを遠巻きに見るガルマージとキキューズの群れ。そして、倒れたままのドゥーギン。

「そうだな。セティを呼んでモンスターを片付けてしまおう。ドゥーギンは『隷属の首輪』に似たものが付けられてたから、解除できるか試してみる」

ガルマージたちはとにかく数が多い。ここは広域魔術による殲滅が得意なセティの出番だ。

心話で連絡を取る。念のためシュニーにはパッツナーに残ってもらい、セティとユズハをよこしてもらった。

「ふっふっふ、やっと私の出番ね！」

巨大化したユズハに乗ってやってきたセティはやたらと張り切っていた。ガルマージたちはドゥーギンの発生させたエリアから出ていなかったので、端から順に駆除していくと言って突撃していった。広さがあるので、討ち漏らし対策にフィルマもついていく。

「さて、あとはお前か」

セティたちを見送って、シンはドゥーギンに向き直る。

シンたちが戦っている間も、そのあとも、ドゥーギンは地に伏せたまま微動だにしなかった。

【分析《アナライズ》】で見てみると、【洗脳《ブレイン・ウォッシュ》】状態なのは変わっていない。

『隷属の首輪』を使われているのとは少し違う状態だ。

首輪もシンの知るものとデザインが違う。回収していたものと見比べても、より禍々しい見た目になっていた。

しかし、雰囲気というか、まとっている邪悪さは同じだ。シンが触れると小さな金属音とともに砕け散る。

【ヒール】をかけると、減っていたHPゲージの回復とともにドゥーギンの体調も元に戻った。倒れていたときの弱々しかった印象はすでにない。

「ん？」

起き上がったドゥーギンは少しの間シンを見つめていたが、その体が唐突に光り出す。そして、その光はドゥーギンの眼前に集まりだした。

「この光景、少し前に見たような」

シンの予想どおり、光は宝玉となってシンの手に落ちてきた。

「お前たちは俺に何をさせたいんだ」

手の中の宝玉を見て、シンは答えはないとわかっていても問いかけずにはいられなかった。

バオムルタンの宝玉をドゥーギンに使う。そんな予測を立てていたのだが、当のドゥーギンからも宝玉を渡された。

対《つい》となる存在の宝玉がそろったわけだが、使い道がさっぱりわからない。

一応装備の素材として使えるが、はるかに強力な装備を身につけている状況でわざわざそれをする意味はないだろう。

ドゥーギンはそれ以上なにをするでもなく、一声鳴いて飛び去って行った。飛んだ後に、あの黒々とした雲は発生していない。放っておいても、問題はないだろう。

「セティたちは大丈夫そうだし、あとはこれだな」

セティの放つ大規模魔術を確認してから、シンは砕け散った首輪に目を向けた。

ドゥーギンが【洗脳《ブレイン・ウォッシュ》】状態にあったのは、首輪が原因だろうと予想している。

破片の中でも大きな部分を手に取り、何かわからないか分析してみた。

「……製作者の名前がある？」

生産職のプレイヤーは、同じくプレイヤーの製作したアイテムなり装備なりの製作者名を見ることができる。シンが武器に入れている隼の紋章は自分で入れる必要があるが、製作者名は自動でつく。

それが、首輪にもあった。

首輪そのものは壊れているからか、肝心のプレイヤー名の部分は文字化けしてしまっている。

しかし、プレイヤー名の入る場所があるという時点で、これが人の手によって作られたものだということは間違いない。

何者かに操られて作らされたのか。

自分の意思で作り出したのか。

どちらにしろ、厄介事には変わりない。

「これはもう、俺たちだけでは手に負えないな」

これが量産されれば、大陸中で混乱が起こる。

男の残した言葉に、危険な首輪。シンたちのような小人数のパーティではなく、国のような規模の大きな組織が当たるべき案件だ。

「まずはシュニーたちと相談だな」

幸いにして、今までの冒険の中で王族や大商人といった普通では知り合えないはずの人物と伝手がある。それを使えば、少しくらいは何かできるかもしれない。

そう思いながら、シンはシュニーに心話を繋いだ。

Side Story 2人の錬金術師

THE NEW GATE

『栄華の落日』。

そう呼ばれた日は、【THE NEW GATE】という世界の住人にとって、青天の霹靂《へきれき》と言うべきものだった。

大規模地殻変動というかつてない災害。それは、『六天』と呼ばれたギルドのNPCたちにも例外なく降りかかる。

『赤の錬金術師』ヘカテーの配下であるオキシジェンとハイドロも、『五式惑乱園ローメヌン』の中で振動に耐えていた。

「あー！　貴重な試薬がー!!」

「ここはちょっとやそっとの地震じゃ、揺れも感じないはずなんだけどね！」

縦に大きく揺れたかと思えば、次は横の揺れ。それが不規則に何度も続く。

台の上に載っていた試薬だけでなく、薬皿や試験管、秤《はかり》なども、もともとに床にぶちまけられている。

棚の中にあるものは保護効果のおかげで無事なのが不幸中の幸いだ。

立ち上がるのも難しいほどの揺れは丸一日以上続いた。

「さすがにこたえたね」

よっこらしょと声を出しながらオキシジェンが立ち上がる。あまりにも長く揺さぶられていたせいで髪はぼさぼさ、体もふらふらである。

「それについては同感だ。ローメヌンは耐震性だけでなく、揺れそのものを抑える効果だって折り紙つきのはず。なのに、その中にいてこれほどの揺れを感じるとはね。小さな都市は壊滅しているんじゃないか？」

自身が感じた震動を思い出し、ハイドロが外の様子を見に行く。ローメヌンのある場所からはかろうじて近場の都市を見ることができる。

視力強化スキルを使うか、アイテムを使えば、外壁やその周辺の様子を見るくらいはできた。他にも、ローメヌンの周囲がどうなったかを確認する必要もある。

「……やれやれ、尋常ではないとは思っていたが、これはいったいどうなってるんだ？」

窓の外を見たハイドロが、苦笑しながらつぶやく。その後、肩をすくめてため息をついた。

「あっはっは、確かにこれは笑うしかないねぇ」

散らばった試薬や機材を避けながら、ハイドロの隣にやってきたオキシジェン。

白衣の裾が床についているせいで避けた意味がほとんどないが、今はそんなものは気にならない。

呆れたように笑って、ハイドロと同じようにため息をつく。

窓の外の光景は、一変していた。

ギルドハウスこそ無事だが、周囲に生えていたはずの多種多様な植物は見る影もない。あるのは割れ、砕けた大地と風によって流されていく砂埃くらいだ。

「一面に広がってた森は見る影もなし、あっちは大きな湖ができてるよ。でもって……まさか山がなくなるとは。自然の力は偉大というべきかな？」

見る方向を変えて、オキシジェンは「ほえー」と声を出す。

ローメヌンは、もっとも近い都市から30ケメルほど離れた、山脈の中にあった。

だが、街はもうどこを探しても見当たらない。地面が沈んだのか、ローメヌンの位置も大きく下がったようだ。

「これほどの現象が自然に起こったって？　おいおい、オキシジェン。揺れているときに試薬でも吸い込んだのか？　山が消えたのは幻覚じゃないぞ」

「可能性はゼロじゃないだろ。まあ、今回はさすがに冗談だけどさ。僕たちの主だってここまで大規模なことはできないからね。考えつくのは主たちが以前話してた『ウンエイ』とかいうものくらいかな。でも、規模が違いすぎるよね。ダンジョンがひとつできましたとか、そういう次元の話じゃないよ、これ」

「お前が正気で助かったよ。それで……」

今後の方針を。そう言おうとして、ハイドロは何かに気づいたように出かかった言葉を呑み込んだ。

話を聞いていたオキシジェンも、それを指摘しない。無言のまま、見つめ合う形で動きを止める。

5分ほど経ったころ、2人は同じタイミングで口を開いた。

「おかしいね。これはどうにも不可解だ」

「おかしいよねぇ。目の前の光景なんて気にならなくなるくらいおかしいよ」

それは周囲ではなく、自身に起こった変化。

2人にとっては、ついさっきまで揺れていた地面のことなど忘れさせるほどの大事件。

「なぜ僕たちは――」

「なんで私たちは――」

「「こんなに自然に会話できているんだ？」」

あまりにも当たり前にしていて気づくのに時間がかかった。

これまで決してできなかった行動制限。それが、消滅していた。

†

「僕が思うに、今回の実験を始めたときには、もう今の状態だったと思うんだ」

自分たち自身の現状を把握したオキシジェンとハイドロ。ここ数日の行動を思い出し、オキシジェンはそう結論づけた。

「同感だ。実験中は今と変わらない状態で討論をしていた覚えがある」

地震と関連付けたくなるが、と口にしてから、ハイドロもうなずいた。2人は錬金術師。いくら怪しくとも、説明がつかないことを強引に結びつけるのをよしとはしない。ただ、可能性のひとつとして記録はしておく。

「私たちの変化は過去に一度。そして、今回で二度目ということになるか」

「そうだね。あのときの出来事と、その類似点を考えてみよう」

最初の変化。それもまた、突然だった。自分という存在を自覚し、流れ込む情報を処理し、思考へと誘う。それを可能にした何かと言えば。

「主の友人、シン様が言っていた『デスゲーム』だね。私たちは主がいなかったから情報が入ってくるのがずいぶん遅れたけど、間違いないだろう。他にそれらしい理由がないのが一番の理由というのは、ちょっとどうかとも思うがね」

思考ができるようになったことで、当時世界中で起こっている事件も知ることができた。

不死であったはずのプレイヤーが死ぬようになり、『デスゲーム』が世界を席巻した際に降臨していなかったプレイヤーが、この世界へとやってくることができなくなった。

「あのときは、さすがの僕たちも途方に暮れたよね。『六天』はシン様しかこっちに来てなかったし」

「1人でもいただけましだろう。誰もいなくて、何をしていいのかわからないと嘆いていた奴はかなりの数いたという話だぞ」

世界が激変しても自分で動くことはほとんどできなかったオキシジェンたちだが、外部の情報と完全に切り離されていたというわけではない。

プレイヤーのいない間も、NPCは店の売り子をしたり、ちょっとしたクエストを受注したりと、自動でアイテムを得たり資金を稼いでくれるオートモードがあった。

成果は微々たるものだが、2人もそれが設定されており、その際にNPC同士での情報交換をしていたのだ。

「でも、あのときは地形が変わるようなことはなかったね。新規のダンジョンが出現するのは珍しいことじゃないし、一部のエリアが解放されるのも以前からよくあった」

シンが挑んだ『異界の門』も、そのひとつ。プレイヤーたちの言う『イベント』が開催されるたびに限定解放されるダンジョン以外にも、自動生成されるダンジョンもあった。

真新しい変化と言うには微妙と2人の意見は一致する。

「私たちに関しては、思考とわずかな身体制限の解放といったところか。これは今回もそうだな。ただ、前回とは比べ物にならない解放度合いだが」

思考できるようになったと言っても、半分は夢を見ているような現実感のなさが付きまとっていた。動きだってほとんど決められたモーションを繰り返すだけで、プレイヤーたちも違和感を持つ者はほとんどいなかったくらいだ。

それに比べて、今回の変化はあまりに劇的だ。まるで規則的に動くだけの人形が突然人間になったような異常事態と言える。

「今回も『デスゲーム』とやらのせいなのだろうか」

「すでに『ログアウト』も『ログイン』もできないのに、もう一度する意味があるのかい？　プレイヤーにとって一番重要な、こっちで死んだら本体も死ぬという点も同じだろう」

プレイヤーに起こった変化を思い出し、オキシジェンが指摘する。

停止ボタンを押して、動かなくなった魔道具の停止ボタンをもう一度押すようなものだ。意味がない。

「まあ待て。あれの目的が私たちに変化を起こすことで、プレイヤーへの影響が副作用のようなものだと仮定すれば、重ねがけすることで私たちがより自由に動けるようになったと言えないか？」

プレイヤーへの影響はあくまでおまけ。ハイドロは顎《あご》に手をやりながらそう言った。

「その仮説を否定するのは難しいね。確かに一理ある。でも、僕たちが目的にしては影響を受けた側の変化が違いすぎないかい？　考えることができるようになったと言っても、最初のあれは影響を受ける前とさほど変わらない。起きてるのか寝ているのか、まどろんでいるとも言えるあの感覚は、あらためて思い出すとかなり不快だった。でも、プレイヤー側の混乱はそんなレベルじゃないよ。これが真実だとしたら、できそうだからやってみたとでも言うような、あまりに非効率的なやり方だと思う。絶対検証していないやつだよ」

「ふーむ、やはり考えが突飛過ぎるか」

持論に疑問を持たれても、ハイドロは気にしていない。突拍子もない考えなのはわかっていたからだ。

「考察しようにも、現状、私たちと大地の変化以外何もわからん。議論の前に調査が必要だな」

「それもそうだね。つい話しこんじゃった……これも僕たちの身に起こった変化の影響かな」

過去の出来事を思い出しながら類似点を探すという話だったはずが、今回の出来事の目的に逸れてしまっている。

そもそもまだ、これが人為的なものなのか、自然現象なのかの確固たる確信もないのにだ。

「まずはコーヒーでも飲むか。今私たちに必要なのは、落ち着くことのようだ」

オキシジェンのつぶやきを聞いたハイドロが提案する。

互いに気が急《せ》いていると結論を出し、お湯を沸かして一服した。

†

「では周辺の調査だ。植物が消えているせいで毒がなくなっているのは、今回に限っては僥倖《ぎょうこう》かな」

装備を整えたハイドロが、ローメヌンの出入り口周辺を見渡して言う。

本来なら、ハイドロの言うとおり、毒を周囲にばらまく植物が入り乱れ、対策装備なしでは調査が難航していたのは間違いない。

念のためと、２人のアイテムボックスの中には解毒用のアイテムがそろえてある。

「まずはどこに向かう？　ローメヌンの防衛機能は問題なく作動しているから、周囲数百メルは異常なしだよ」

「植物が軒並みなくなっているのに異常なしか？」

「ところどころ埋まってるのが見えてるからね。この辺の植物は、この程度じゃ枯れないよ。知ってるだろ？」

オキシジェンが白衣の袖で示した先には、地面の亀裂から植物の蔓のようなものが見えている。

【鑑定】でローメヌンの周囲に生えていた植物の一部だと確認したオキシジェンは、ハイドロにうなずきを返す。

植物の本体は地面に埋まっていたが、枯れる気配がないのはすぐにわかったからだ。

「これはまた。なんとも不自然だね」

ローメヌンを離れた２人は、窓から見えていた湖にやってきていた。周辺がほとんど荒野だったので、他と違うところがほとんどなかったのだ。

ハイドロが不自然と言ったのは、湖が想定以上に深く広かったからだ。少し地面がへこんだどころではない。大規模な土木工事でもしたのかというレベルの深さだ。

２人の能力では、ローメヌンからは視力強化系のスキルを使っても表面しか見えない。近くまで移動して【透視《スルー・サイト》】で確認した湖の様子に、２人は驚きを隠せなかった。

「自然現象だと思うか？」

「無理あるよねぇ」

ここだけ地盤沈下が起こりました、と言われても納得できない規模である。おまけにどこから流入したのかしっかり水が溜まっている。

「底に何かあるというわけでもないのか。モンスターでもいてくれたほうが、この状況に説得力が出るんだがな」

「いや、間違いではないかもしれないよ？」

湖の底に何かないか探していたハイドロは、オキシジェンの返しにどういうことだと問う。そんなハイドロに、オキシジェンは見ればわかるとばかりに腕を上げて空の一点を指差した。疑問を感じつつもハイドロが空を見上げると、黒い点のようなものが視界に入る。

「マップを見てみなよ」

「マップ？　ああ、そういえばあったな」

マップは基本的にプレイヤーが見ていたので、ハイドロはオキシジェンの指摘で使えることを思い出す。そして、そこに現れた反応の大きさに驚いた。

「これは、ちょっと大きすぎないか？」

「逃げる用意は万端さ」

オキシジェンもハイドロも戦闘はできるが、それはあくまでおまけ。

シンのサポートキャラクターである、シュニーのような高い戦闘力は持ち合わせていないのだ。

相手をひるませるために視界だけでなく臭いや音、魔力までかき乱す煙玉から切り札である転移付与済みの結晶石まで準備し、2人は身を隠す。

大きな岩の陰に隠れつつ、迷彩機能のあるマントを使う念の入れようだ。

しばらくして、点に見えていたものの輪郭がわかってくる。

「ドゥーギン、で間違いなさそうだな」

「大きさは桁違いだけどね」

落ちてくるモンスターを、2人は見たことがあった。環境保全モンスターとも呼ばれ、知名度もある。見た目が大きく違うということもなかったので間違いない。

どこかが肥大しているというわけではなく、体の各部位の比率はそのままに、数十倍に巨大化させた。それが今まさに落下してくるドゥーギンだ。

「なんだか、黒い靄みたいなものが尾を引いてないか？」

「靄もそうだけど、真っ黒だね。汚染物質を吸収したあとかな」

オキシジェンはドゥーギンの体表の色が変わる理由を知っていた。主であるヘカテーが話していたのを覚えていたのだ。

2人の目の前で、ドゥーギンが湖に落下する。まるで狙い澄ましたかのように、湖のど真ん中だ。

ドゥーギンという大質量が落下した衝撃で、大量の水がはねた。ちょっとした津波と言ってもいい規模の波がたち、大地を濡らす。

岩陰に隠れていたオキシジェンとハイドロも、そのあおりを受けてずぶ濡れになった。

ここで騒ぐとドゥーギンに気づかれるかもしれない。2人は黙って様子を見た。【透視《スルー・サイト》】を使っているので、隠れたままでもドゥーギンの様子を見られる。

「……沈んだ、のか？」

「みたい、だね」

ドゥーギンは泳げない、なんてことはない。汚染物質のあるところならどこにでも現れる。陸海空どこでも活動可能だ。観察していた限り、ドゥーギンが泳ごうとしたようには見えなかった。

2人が互いに思ったことを口にする。

『動いてなかった』

体を丸めたまま落ちてきて、そのまま沈んでいった。ドゥーギンの様子を見ていた2人の意見は、完全に一致する。

「レベルは見えなかったけど、死んでたのかな？」

「見ていた限りでは、傷を負った様子はなかった。体の変色具合から、汚染物質を吸収しすぎたと考えられなくもないが」

限界まで汚染物質を吸収した状態を見たことがない2人は、湖の中に沈んでいったドゥーギンが最終的にどうなるのか知らなかった。

HPも見えなかったので、それを基準に生死を判断することもできない。

「近づいてみるか？」

「【分析《アナライズ》】でレベルが見えなかったからなぁ。あれ、間違いなく僕たちより強いんだよね」

名前もレベルも見えないということは、技術では埋めるのが難しいほどのステータス差があるということ。

高性能な装備とアイテムを持っているから大丈夫と、安心できる相手ではない。

戦闘向きではない2人だ。ドゥーギンが生きていた場合、危機に陥る可能性もある。

「しかし、魂に刻まれた好奇心が見に行けと言っている」

「それなんだよね。いやあ、これが創造主から与えられた『設定』ってやつか。自覚するとちょっと不思議な感覚だ」

むむむと唸《うな》るハイドロに、新鮮だとオキシジェンが笑う。誰かに聞いたわけでも、書物で読んだわけでもない。だがわかる。それが自らの行動の最優先項目と定められていると。

「好奇心は猫を殺すと言うしな」

「でも、馬鹿は死ななきゃ治らないらしいし」

気になるから行くというには、危険すぎる。だが、このまま帰るのが果たして正解なのか。

ドゥーギンの状態をはっきり確認しておいたほうがいいのではないか。

そんな建前くらいはすぐに思いつく。しかし、2人ともそれは口にしない。

「僕たちは猫かな。それとも馬鹿かな」

「そんなもの、両方に決まっているだろう」

『設定』を言い訳にするのは簡単だ。しかし今の自分たちに対して、『設定《それ》』が行動を強制するような力はないことを、2人はすでに理解していた。

ゆえに、これは『設定』による強制力と自身の考えの一致。たまたまどちらも同じ方向を向いていただけという話だ。

「撤退する言い訳を探すの、やめようか」

「そうだな。こんな楽しそうなことが立て続けに起きているのに、何も調べずにローメヌンに戻るなんて私たちらしくない！」

自分たちは馬鹿という病《やまい》を患《わずら》った猫である。命をかけることのリスクよりも、好奇心を満たすほうを優先する非常識な生き物なのだとハイドロは言い切った。

笑いながらうなずくオキシジェンも、同類である。

もっと装備を整えてくればいい。もっとアイテムをそろえてくればいい。戻る理由など挙げようと思えばすぐに出てくる。

それでも行く。

『後で』ではなく、『今』見たい。『今』知りたい。もし死んだら、その時はその時である。

ヘカテーがこの場にいたら、怒るどころか進んで送り出すに違いないと2人は確信していた。

出た。
マントの迷彩機能はまだ生きている。そこに音や臭いを消すスキルも使用して、２人は岩陰から
は当然する。
好奇心を優先したとはいえ、死にたいわけではない。もしものことが起こらないようにする努力
大量に流れた水が地面に吸収されたことで、湖に近づくほど地面がぬかるんでいる。
地震によって変貌した大地は、大部分が土を掘り返してからぎゅっと固めたような質感だ。水分
を吸収したことで、一歩踏み出すたびに２人の足を滑らそうとしてくる。
「魔術で固めてしまいたくなるな」
「ドゥーギンは魔術に敏感だからやめてね」
歩きづらさに辟易しているハイドロに、オキシジェンが声をかける。
今の状態で反応するかは不明だが、せっかく姿を隠しているのに自分の存在を表に出すようなこ
とをしては意味がない。
もちろん、内心ではオキシジェンもそうしたいと思っている。
２人の着ている白衣は『黒の鍛冶師』ことシンの作ったもの。同格の装備の中でも性能が一段上
だ。だからこそ、今も着ている。

ただ、オキシジェンの白衣は裾が余っているので、地面に触れている部分が盛大に汚れていた。もともとが白一色なので、綺麗好きでなくとも目を覆いたくなる汚れ具合だ。加えて少し水をすって重くもなっている。

オキシジェンはズルズルと白衣を引きずりながら、ハイドロは音もなく、湖へと近づいていく。しゃがめば水に触れられるところまで来ても、ドゥーギンは動く気配がなかった。

「丸まった状態で動かないね。死んでるのか、休眠状態なだけなのかはわからずじまいか」

「暴れられても手が付けられなかったからな。こっちとしてはありがたいことだよ」

湖の底を覗き込みながらつぶやくオキシジェンに、ハイドロは肩をすくめながら言った。もし動き出したなら、逃げる以外の選択肢はない。

「おや、変化があったぞ」

「水が濁っていくね。念のため、距離をとっておこう」

ドゥーギンの周囲の水の色が変化し始めたのを見て、2人は湖から離れる。

水の変化はドゥーギンを中心にゆっくりと放射状に広がっていた。

変化が水だけで済むのか、地面にも及ぶのか。【透視《スルー・サイト》】や【遠視】のスキルを切らさないように注意しながら、観察を続ける。

もともと澄んでいるとは言い難い色だったが、ドゥーギンの影響によって水はどろりと濁ったヘドロのような色に変わっている。

変化は湖全体にわたり、湯気のようなものも立ち始めた。地面も色が濃くなっている。

2人は互いに確認を取ることもなく、アイテムボックスからガスマスクに似た顔全体を覆うタイプの装備を取り出して身につけた。

粉や蒸気のような口や鼻から吸引するタイプの毒を防ぐ装備だ。

ドゥーギンの影響で変化した湖から風に乗って流れてくる白い湯気のようなものが、安全だなどとどちらも思っていない。

肌から浸透してくるタイプの可能性もあるので、別の防御用アイテムも併用する。

白い蒸気が風に乗って近づいてくる。

2人そろって浴びるのは得策ではないので、オキシジェンがその場に残り、ハイドロはオキシジェンの体に巻いたロープを持って距離をとる。

もしアイテムで防御し切れなかったときは、ハイドロがオキシジェンを引っ張って撤退する予定だ。ちなみにどちらが残るかはじゃんけんで決めた。

「アイテムの効果は出てる。でも、時間の問題か」

しばらく待ち、白い蒸気に包まれたオキシジェンは自身の状態を観察していた。

アイテムの効果で毒に浸食された状態にはなっていないが、代償として、アイテムの耐久値がすさまじい速度で低下している。

【猛毒《ハイ・ポイズン》】でも3時間は耐えるマスクの耐久値は、このままなら10分で終了だ。

少しでも多くの情報を持ち帰るため、試薬保存用のアイテムに蒸気のサンプルを確保。さらに湖の水と変色を始めた地面のサンプルも採取する。

アイテムボックスにすべてのサンプルをしまうと、アイテムの残り時間を気にしながら蒸気の中を走った。

†

「やはり毒か。届く範囲も広すぎるし、単純に水が気化したものというわけではないみたいだな」

ローメヌンに戻り、2人は早速サンプルを分析する。

蒸気の届く範囲は湖を中心に広範囲にわたった。しかし、ローメヌンの領域内には入ってこられないようで、領域の端をなぞるように蒸気が動いている。

「毒のほうは、体力低下に麻痺と混乱の複合タイプ。おまけに、効果は同じようなタイプの3倍以上。アイテムの防御がなかったら、僕たちでも10分以上の活動は難しいだろうね。『神代のイヤリング』を使えば、もっと調査時間を取れるんだろうけど」

「あれは主たち以外では、シン様のサポートキャラクターたちにのみ与えられている装備だからな。私たちには作り出せない」

現状で2人が使えそうなのは、ヘカテーの研究の副産物や、他のプレイヤーとの共同研究のサンプルなどだ。完成品もあるが、さすがに最上級の状態異常無効化装備はなかった。

「だったらーーって、あれは！」

何か言いかけたオキシジェンが、窓に張り付く。

ハイドロもつられて外に目を向けると、そこには湖の方向へ飛んでいくモンスターの姿があった。

「ドラゴンタイプ。しかも銀色。あれかな？」

「ドゥーギンがいるなら、やってきてもおかしくないだろう。対になるモンスターだからな。しかし、ドゥーギンが落ちてきてからまだ1時間も経ってない。こんなに早かったか？」

モンスターの正体はすぐに想像がついた。あまりにも有名だからだ。

ただ、2人の知識ではもっと時間が経ってからやってくるものだった。2人そろって首をかしげつつ、頭の中では次の行動を模索する。

ヘカテーの助手として活動していただけあって、『錬金術』や『調薬』といった道具を作ることに関係する生産スキルはかなり育っている。

手持ちのアイテムを強化すれば、毒の蒸気の中でももう少し長く活動できるだろう。

「変化前のバオムルタンなんて、滅多に見られないよ」

「これは行くしかあるまい」

好奇心こそ我が生きがいとばかりに、2人は大急ぎでサンプルを保管し装備を整える。

ドゥーギンの対となるモンスター、バオムルタン。

ドゥーギンの集めた汚染物質を浄化し、大地に恵みをもたらすモンスターだ。

基本はアンデッドドラゴンのようなおどろおどろしい外見なのだが、汚染物質を吸収し始める前は美しい銀色のドラゴンなのである。

その姿を捉えた映像はほとんど存在せず、実際に見た者もほとんどいない。

今ならどのように汚染物質を吸収し、浄化していくのか見られる可能性は高いと踏んで、2人は駆け出す。『神代のイヤリング』のことは、完全に頭から消えていた。

耐性装備をこれでもかと身につけ、蒸気の中に突撃する。

『神代のイヤリング』のことは忘れても、姿を隠すマントは忘れない。ほとんど癖《くせ》のようなものだ。

急いだ甲斐もあって、2人が湖の畔に着いたとき、バオムルタンはまだ元の姿のままだった。

全身が銀色に輝く鱗に覆われ、身じろぎするたびにシャラシャラと軽やかな音が響く。

一対の翼と二本ずつある手足。長い首と尾。ドラゴンと聞いて大抵の人がイメージするだろう造形だ。

「でかいな。ドゥーギンも大きかったが、何か関係があるのか」

湖の畔に佇《たたず》むバオムルタンは、ハイドロたちの知るものの3倍はあった。

「何をしているんだろう?」

バオムルタンは翼を広げたまま湖に向かって立っているだけだ。2人の目には、特別な何かをしているようには見えない。

何かをしてあの有名な姿になるのだろうと推測していた2人は、まずは観察とバオムルタンやその周囲の変化に目を配る。

そんな中、変化の兆しを見極めようと集中する2人の視線の先で、バオムルタンの姿が変化を始めた。

美しかった鱗は見る見るうちに色を失い、ひび割れていく。そのさまは、まるで金属が錆びて朽ちていくさまを早送りで見ているようだ。

バオムルタンが身じろぎすると、ギシギシ、ザリザリと金属が軋《きし》むような音が鳴る。ほんの数十秒前の、楽器のような軽やかな音は見る影もない。

変化は全身に及び、5分としないうちにバオムルタンは無残な姿に変わっていた。ドラゴンの形をした錆の塊。そう言われたら納得してしまう見た目だ。

あまりに急激な変化に、オキシジェンとハイドロは息を呑む。

「これなら見たことがない人が多いのも納得かな。早すぎる」

「汚染物質の吸収は、離れていてもできるということだろうか」

オキシジェンは変化の速度に、ハイドロは汚染物質の吸収能力にそれぞれ着目していた。

バオムルタンの心配をしないのは、姿が変わっても死にはしないと聞いているからだ。

「ん？　【分析《アナライズ》】が発動した？」

今まで何も見えなかったのだが、バオムルタンが今の姿になって、急にＨＰが見えるようになった。名前やレベルはまだ見えないが、思いがけない変化に2人は驚く。

「あの状態になると、弱体化するのかな。HPも半分になってるし」

「あのドゥーギンを見ていると納得ではあるな。量もそうだが、質も違うのかもしれん」

バオムルタンの周囲では、変色していた地面が元に戻っていた。しかし、湖のほうは多少蒸気が減ったように見える程度だ。

「回復アイテムは効くかな?」

「わからんが、やってみる価値はあるだろう。あの状態になると、性格も穏やかになるらしいからな」

念のためと持ってきていた『万能回復薬《エリクサー》』を取り出しながら、オキシジェンがバオムルタンに近づいていく。ハイドロには、その場に残るように言った。

事前情報があっても危険であることに変わりない。だが、もし攻撃されても防具の効果で即死はしない。

そうでなければ、いくら性格のことを知っていても近づこうとは思わなかっただろう。

オキシジェンの気配に気づいたバオムルタンが振り向く。オキシジェンが小柄なのもあって、バオムルタンとの大きさの違いが際立つ。

「回復するから、攻撃はしないでね……」

大丈夫だとわかっていても、その姿とステータスからくる威圧感は変わらない。オキシジェンも、さすがに及び腰だ。

オキシジェンがゆっくり近づくと、バオムルタンが頭を下げて近づけてくる。触れるのではないかというくらいの至近距離だ。

濁った瞳からは感情が読み取れない。オキシジェンがこれまたゆっくりと容器を傾けると、バオムルタンは動くことなく流れる金色の液体を顔の先端で受けた。

バオムルタンのＨＰが回復していく。しかし、体には変化はなかった。

バオムルタンはオキシジェンから離れ、再び湖の畔で翼を広げる。大きく広がった翼はボロボロで、もう飛ぶことはできないのがわかる。

「ＨＰが減っていく」

回復したＨＰゲージが見る見るうちに回復前と同じくらいまで減少する。

地面の変色が減り、水面も一部が元の色に戻った。バオムルタンのＨＰの減少が止まると水面は元に戻ってしまったが、地面はそのままだ。

翼をたたんだバオムルタンは、倒れるように身を横たえる。

ＨＰゲージだけで見れば、回復薬を使う前とほとんど変わらない。しかし、バオムルタンは苦し気に唸っている。

「回復するのは、良い手ではないのかもしれないな」

オキシジェンの後ろには、いつの間にかハイドロが立っていた。

「浄化は命を削って行われるっていうのも本当みたいだね」

「この様子なら、間違いないだろうな」

HPゲージの量はほとんど変わっていないにもかかわらず、間違いなく体調が悪化している。HPとは別の何かを消耗しているとしか思えなかった。

「……ハイドロ。せっかくだし、この毒をどうにかするアイテムの研究してみない？」

「奇遇だな。私も同じことを考えていた」

苦しむバオムルタンを前に、決意する。

今までになかった研究材料が目の前にあるのを逃す手はない。そんな言い訳を口にしながら、2人はサンプルの研究を開始した。

その場を見ている者がいれば、なんともわかりやすい言い訳。

『六天』のサポートキャラクターは、基本的にお人好しなのである。

Status　ステータス紹介

THE NEW GATE

名前：ハイドロ
性別：女
種族：ハイロード

メインジョブ　：錬金術師
サブジョブ　：薬術師
冒険者ランク：なし
所属ギルド　：六天

●ステータス

LV：	255
HP：	3876
MP：	6209
STR：	352
VIT：	344
DEX：	710
AGI：	426
INT：	629
LUC：	52

●戦闘用装備

頭　：なし
胴　：上級研究者の白衣（DEXボーナス[特]）
腕　：防疫グローブ
（VITボーナス[強]、DEXボーナス[強]）
足　：防疫ブーツ
（DEXボーナス[強]、INTボーナス[強]）
アクセサリ：サンプル採取キット
（素材獲得ボーナス[強]）
武器：なし（アイテム使用）

●称号

●錬金術ノ達人
●薬術ノ達人
●研究者
●観察者
●ギルドハウス管理者
etc

●スキル

●分析
●解析
●遠視
●調薬
●隠蔽
etc

その他

●ヘカテーのサポートキャラクター

※ボーナス上昇値　微＜弱＜中＜強＜特

名前：オキシジェン

性別：男

種族：ハイピクシー

メインジョブ　：錬金術師

サブジョブ　：薬術師

冒険者ランク：なし

所属ギルド　：六天

●ステータス

LV：	255
HP：	4233
MP：	5820
STR：	311
VIT：	358
DEX：	728
AGI：	410
INT：	656
LUC：	56

●戦闘用装備

頭　：なし

胴　：上級研究者の白衣（DEXボーナス[特]）

腕　：防疫グローブ
（VITボーナス[強]、DEXボーナス[強]）

足　：防疫ブーツ
（DEXボーナス[強]、INTボーナス[強]）

アクセサリ：サンプル採取キット
（素材獲得ボーナス[強]）

武器：なし（アイテム使用）

●称号

- 錬金術ノ達人
- 薬術ノ達人
- 開発者
- 調薬師
- ギルドハウス管理者

etc

●スキル

- 分析
- 解析
- 調合
- 耐性強化
- スモーク・ボム

etc

その他

- ヘカテーのサポートキャラクター

名前：バオムルタン
種族：エンシェントドラゴン
等級：なし

●ステータス

LV：	749
HP：	4900
MP：	5291
STR：	502
VIT：	639
DEX：	352
AGI：	388
INT：	461
LUC：	78

●戦闘用装備

なし

●称号

- 循環する生命
- 浄化するモノ
- 託すモノ
- 生命の苗床
- 領域ノ支配者

etc

●スキル

- 環境浄化
- 汚染吸収
- 物質転換
- オスト・ブレス
- 金剛剣尾

etc

その他

- 環境保全モンスター
- 弱体化状態

名前：ドゥーギン

種族：エンシェントドラゴン

等級：なし

●ステータス

LV：	703
HP：	?????
MP：	?????
STR：	808
VIT：	472
DEX：	533
AGI：	671
INT：	349
LUC：	50

●戦闘用装備

なし

●称号

- 循環する生命
- 穢れを宿すモノ
- 穢れを運ぶモノ
- 生命の苗床
- 対ナル存在

etc

●スキル

- 金剛爪牙
- 環境変異
- コンタミネーション・バースト
- マテリアル・サーチ
- マテリアル・アブソーブ

etc

その他

- 環境保全モンスター
- 洗脳状態

名前：ヘルスクリーム
（ミスターXXX）
種族：レイス（ヒューマン）
等級：なし

●ステータス

LV：	804(233)
HP：	8930(3861)
MP：	4920(2763)
STR：	827(298)
VIT：	305(302)
DEX：	868(428)
AGI：	421(263)
INT：	347(177)
LUC：	0(39)

●戦闘用装備

なし

●称号

- 命を憎むモノ
- 命を弄ぶモノ
- 虚ろなる影

●スキル

- 命脈奉納
- ミラージュ・ステップ
- マナ・ボディ
- 命狩ル死爪
- 身命縛ル魔叫

etc

その他

- プレイヤー変異体
- 憑依状態

60歳で無事に定年退職した中田祐一郎《なかたゆういちろう》。彼は職を全うした満足感に浸りながら電車に乗っているうちに……気付けば、10歳の少年となって異世界の森にいた。どうすればいいのか困惑する中、彼は冒険者バルトジャンと出会う。顔はいかついが気のいいバルトジャンは、行き場のない中田祐一郎――ユーチの保護を申し出る。この世界の知識がないユーチは、その言葉に甘えることにした。こうして始まったユーチの新生活は、優しい人々に囲まれて、想像以上に楽しい毎日になりそうで――

◉定価：本体1200円+税　◉ISBN 978-4-434-27154-0　◉Illustration：齋藤タケオ

この作品に対する皆様のご意見・ご感想をお待ちしております。

おハガキ・お手紙は以下の宛先にお送りください。

【宛先】

〒150-6008東京都渋谷区恵比寿4-20-3恵比寿ガーデンプレイスタワー8F
（株）アルファポリス　書籍感想係

メールフォームでのご意見・ご感想は右のＱＲコードから、
あるいは以下のワードで検索をかけてください。

アルファポリス　書籍の感想　検索

ご感想はこちらから

本書はWebサイト「アルファポリス」（https://www.alphapolis.co.jp/）に投稿されたものを、改稿、加筆のうえ書籍化したものです。

THE NEW GATE《ザ　ニュー　ゲート》　16. 命《いのち》の花園《はなぞの》

風波《かざなみ》しのぎ　著

2020年3月4日初版発行

編集－宮本剛
編集長－太田鉄平
発行者－梶本雄介
発行所－株式会社アルファポリス
〒150-6008東京都渋谷区恵比寿4-20-3恵比寿ガーデンプレイスタワー8F
TEL 03-6277-1601（営業）03-6277-1602（編集）
URL https://www.alphapolis.co.jp/
発売元－株式会社星雲社（共同出版社・流通責任出版社）
〒112-0005東京都文京区水道1-3-30
TEL 03-3868-3275
イラスト－晩杯あきら
URL https://www.pixiv.net/member.php?id=27452
地図イラスト－サワダサワコ
デザイン－ansyyqdesign
印刷－図書印刷株式会社

価格はカバーに表示されてあります。

落丁乱丁の場合はアルファポリスまでご連絡ください。

送料は小社負担でお取り替えします。


ISBN978-4-434-27160-1 C0093